dtv

»Ich möchte eine Liebesgeschichte erzählen, aber es gibt keine Geschichten mehr über die Liebe.« Man trifft sich in angesagten Kneipen, man albert herum oder redet aneinander vorbei. Tagsüber studiert man, hat den einen oder anderen Job und fährt in den Urlaub. Das Leben vergeht einfach. Und die Liebe? Mehr als ein ausgedehnter One-Night-Stand ist meist nicht drin. Denn Gefühlen, so stark sie auch wirken, ist nicht zu trauen, weil sie von Zufällen und allen möglichen Launen abhängen. Liebe fürs Leben hieß einst bis in den Tod. In Rosemarie Poiarkovs zwölf Geschichten um die Liebe klingt der Sound einer neuen Generation an, für die diese Ewigkeit kaum länger als »eine CD lang« dauert. Und dennoch brechen immer wieder heimlich Oberflächen auf oder schimmern romantische Gefühle durch.

Rosemarie Poiarkov, geboren 1974 in Baden bei Wien, studierte Philosophie, Germanistik und Politikwissenschaft. ›Eine CD lang‹ ist ihr erstes Buch. Sie lebt in Wien.

Rosemarie Poiarkov

Eine CD lang

Liebesgeschichten

Deutscher Taschenbuch Verlag

Ungekürzte Ausgabe
April 2004
Deutscher Taschenbuch Verlag GmbH & Co. KG,
München
www.dtv.de

Umschlagkonzept: Balk & Brumshagen
Umschlaggestaltung unter Verwendung einer
Fotografie von Lothar Ruttner, Wien
Satz: Satz für Satz. Barbara Reischmann, Leutkirch
Druck und Bindung: Druckerei C. H. Beck, Nördlingen
Gedruckt auf säurefreiem, chlorfrei gebleichtem Papier
Printed in Germany · ISBN 3-423-20696-9

Jugendliches Wien

Ich habe einmal Jean Amérys Buch über den Selbstmord gelesen. Das ist lange her. Damals hatte ich Angst, anderen über das Buch zu erzählen. Weil meine Freunde sowieso alle irgendwie halb selbstmordgefährdet waren, aber natürlich zu feig und zu inkonsequent, es umzusetzen. Aber vielleicht, wenn ich ihnen das Buch empfohlen hätte ... Ich war mir nicht sicher, ob nicht doch ... Schließlich hing ich sehr an ihnen. Ich sagte ihnen nichts, obwohl ich von dem Buch begeistert war; besonders daß es von der Freiheit handelte, von der ich nicht viel spürte; daß jemand einmal den Menschen selbst nimmt; das, was für den einzelnen wichtig ist; das hat mich beeindruckt. Und die Möglichkeit. Daß der Mensch nur Mensch durch die Möglichkeit ist, und die eben auch die allerletzte mit einschließt, die Möglichkeit der Möglichkeiten, seinem Leben selbst ein Ende zu setzen. Und seit diesem Buch dachte ich immer, dieser Jean Améry ist ein intelligenter Mensch. Der versteht das Leben, der versteht es zu leben, du mußt unbedingt noch ein Buch von ihm lesen. Aber man kennt das. Keine Zeit und so. Und ich mußte so viele andere Bücher lesen. Und ehrlich gesagt hatte ich auch ein bißchen Angst, noch so ein

Buch zu lesen. Wenn er mich schon fast zum Selbstmord überredet hätte, wer weiß, wozu mich ein anderes seiner Bücher überreden könnte, dachte ich mir. Aber diesen Frühling war ich drei Monate in St. Petersburg, und außer ein wenig Unterricht an der Universität hatte ich nichts Bestimmtes zu tun, und in der Österreichbibliothek, die es dort an der Uni gibt, stand ein Buch von ihm, und ich sagte zu der Bibliothekarin, mit der ich mich angefreundet hatte, Jean Améry mußt du einmal lesen, ich habe vor Jahren ein Buch von ihm gelesen, und das hat mir sehr gut gefallen, ich habe allerdings den Titel vergessen, aber ich glaube, du kannst irgend etwas von ihm lesen, was dich eben interessiert, und es wird gut sein. Weil es nicht Literatur, also Belletristik, war, nahm sie diese Empfehlung nicht an, während sie anderes, das ich empfahl, sehr wohl in ihre Lektürewahl einbezog. Nachdem ich das gesagt hatte, fühlte ich mich dazu verpflichtet, selbst etwas von Améry mitzunehmen, besonders weil ich ja nur ein Buch von ihm gelesen hatte, und dieses dann zu empfehlen wirkt nicht gut. Ich blätterte und nahm schließlich ein Buch über das Alter, ein Thema, das mich immer interessiert hat. Ich sehe, wie meine Eltern älter werden, fast schon alt geworden sind, wenn nicht, na ja, und ich sehe langsam auch, wie ich älter werde, und dann habe ich auch Bekannte ganz verschiedenen Alters, und da überlegt man sich schon. Ich lieh mir also das Buch, und es ist fast eingetreten, was ich befürchtet hatte, weil ich nach dem Buch vollkommen fertig war, die letzten paar Seiten habe ich mir dann für später aufgehoben, weil ich es nicht mehr ertragen konnte, daß mir dieser Mensch davon erzählte, wie er nicht mehr mitkam, wie Klimt und Picasso und überhaupt sehr viele, die in ihrer Jugend sehr progressiv gewesen seien, dann im Alter gegen alles Neue opponiert hätten, und jetzt verstehe er das auch, weil er auch nicht mehr alle neuen Strömungen versteht, und teilweise nicht mehr verstehen will, weil ihm seine Form quasi schon verliehen wurde und es schwer ist, sie zu ändern. Und dann zog er noch über die Alten her, die entweder vertrottelt an ihrem Eigenen festhalten, ohne überhaupt auf etwas Neues einzugehen, aber auch über die, die das Neue zu verstehen versuchten und sagten, ja, toll, aber das könnten sie eigentlich gar nicht, weil sie ihren Stempel, was sie verstehen könnten, was sie gut fänden, aus einer anderen Zeit, in einer anderen Zeit erhalten hätten usw. Schrecklich war das. Und dann war dieses riesige Bild vor mir, ich saß in der ersten Reihe, im Kino, riesige Leinwand voll mit Robert Redfords Gesicht, der sechzig ist, sechzig, voll von Runzeln, eine ganze Landschaft, jetzt verstehe ich diese Metapher endlich, eine ganze Landschaft, ja meinetwegen die Furchen, die das Leben gezogen hat, aber trotzdem, er war einfach alt, alt, schrecklich, und spielt irgendeinen Scheißcowboy, aber ich bezweifle, daß er mit seinem Colt cool aussehen kann, mit dem Lasso schon eher, na ja, es war keine Naheinstellung, und als er ritt, und neben ihm ein junges Mädchen, ritt er wie jemand, der sechzig ist, man kennt ja diese Bewegungen, die ganz bestimmte Haltung von älteren Menschen, aber Redford war nicht älter, er war einfach alt, und natürlich küßte er irgend jemanden, ich habe nur die Vorschau gesehen, aber in einer Filmkritik stand dazu auch noch, wie Redford das als Sechzigjähriger schafft, noch immer auf Mittvierziger zu machen und in bestimmten Kameraeinstellungen auch dieses Gefühl rüberzubringen, aber dieser Filmkritiker ist entweder auch schon ein Mittvierziger und wollte sich selbst ein Kompliment machen, indem er sich sagte, so alt sehe ich nicht aus, oder er saß ganz, ganz weit hinten oder am Balkon, oder er hat das von einem Sechzigjährigen abgeschrieben, der sich dachte, alt sehe ich aus gegen Redford und deswegen so etwas dahinfaselte, oder es hat einfach niemand den Film gesehen. Cowboys haben cool zu sein, cool mit ihrer Pistole am Gürtel, ich wußte nach dem Lesen dieses Buches, warum sich Améry umgebracht hat, weil Freiheit schön und gut, aber trotzdem braucht man ja noch einen Grund zum Umbringen, und er hat sich irgendwann mit sechzig oder so umgebracht, Kamera und so half bei ihm wohl nicht. Aber man stelle sich Redford, in dem Kinospot gab es eben nur das Lasso; obwohl: Wen will er mit seinen Spezialschuhen, die sein Schrumpfen kaschieren sollen, einfangen? Mit einer Pistole, das ist einfach unmöglich, also ich kann mir das nicht vorstellen. Clint

Eastwood, ja, aber der ist, glaube ich, erst fünfzig, oder wenn er älter ist, sieht man ihm das nicht an, und er macht auch nicht auf Mittvierzigjährigen, sondern auf irgendein undefinierbares Alter, in dem man irgendwie noch cool sein kann, also auch mit Pistole; er hatte ja in diesem Brückenfilm so eine Kamera, die war fast ein Ersatz für einen Colt, weil heute hat man als Cowboy ja keine Pistole mehr, zumindest gibt das keinen Sinn, da sie die Indianer sowieso schon ausgerottet haben, übrigens stand kürzlich am Stephansplatz so ein dämlicher Indianer, wahrscheinlich sogar ein echter, aber er war irgendwie langweilig, sprach gebrochenes Deutsch und quasselte irgend etwas über die Notwendigkeit, sich seiner Wurzeln bewußt zu werden, na das kann ich brauchen. An den Wörthersee, oder war es der Neusiedlersee?, sollte man mal wieder fahren, und die Indianer, ich habe vergessen, was das mit den Indianern zu tun hatte, ein paar Trommeln und so Indianerkitschzeug war auch aufgestellt, und zu irgendeiner Demo sollte man auch kommen, also bitte, ich bin doch nicht ganz blöd, meine Demophase habe ich schon lange hinter mir, und die Leute sind wohl nur rumgestanden, weil eben ein echter Indianer, und sind sicher auch nicht auf die Demo gegangen, ich mußte überhaupt weiter, mir etwas zum Anziehen kaufen, etwas Graues, Modefarbe dieses Herbstes und wirklich cool, die Farbe, bißchen glitzernd, bißchen ins Silber hineingehend, nur Rot, habe ich irgendwo gelesen, soll man dazu nicht tragen, Kirschrot, von Blutrot war nicht die Rede, worauf ich mir nämlich überlegt habe, was genau jetzt Kirschrot ist, aber Blutrot gehört wohl nicht dazu, also ich glaube, Kirschrot, das ist eher so ein helles Rot, ich könnte auch im Wörterbuch nachsehen, aber so wichtig ist mir das schließlich auch nicht, obwohl, ich war eben einkaufen, und da hat, hätte es sehr wohl eine Rolle gespielt. Es rennen ja eigentlich genug Leute mit Rotem herum, ob das Kirschrot ist? Keine Ahnung, und die Leute haben ja auch keine Ahnung, weil oft sind das Frauen über Vierzig, die schon seit Jahren, Stempel und so, Prägung, mit dieser Farbe rumlaufen, und denen ist doch egal, ob im heurigen Herbst jetzt grau modern ist oder sonstwas, das sollen ihre Töchter tragen, ich bin übrigens auch eine Tochter, wenn auch mittlerweile ohne Mutter, und meine Mutter hat nie so entsetzliches Rot getragen und war auch nicht so eine wie diese Wir-kennen-uns-aus-und-das-ist-meine-Tochter-Mütter, natürlich hat sie auch gesagt, das ist meine Tochter, und stolz war sie auch auf mich, aber so ein Rot hat sie nie getragen, und zum Schmuck hat sie mich nicht mitgenommen, sondern wir waren manchmal irgendwo zusammen, und ich habe Modefarbe getragen und sie irgend etwas anderes, ich war halt jünger als sie, und sie war älter, aber alt war sie nicht, und Furchen hatte sie auch keine, und was wirklich das Wichtigste ist, sie wollte nie Cowboy werden, sondern wollte immer bei uns sein, und ich war dann auch bei ihr, so eben, wie sie bei uns war, nur wollte ich immer Cowboy werden, Cowgirl gab es irgendwann im Fasching, aber das ist ja Schwachsinn, nein, ich wollte schon Cowboy werden, natürlich ein weiblicher, aber hart, frei, stark und verführerisch, das widersprach sich damals überhaupt nicht, und eine Waffe, eine Pistole, die ich lässig um den Finger drehen konnte, und dann, nach dem Schuß, würde ich den Rauch wegblasen, vor mir die Weite der Prärie, ein Pferd unter mir, reiten, reiten, bis in die Nacht hinein, schön stellte ich mir das vor, und natürlich allein, niemanden brauchte ich als Cowboy, nur ich, mein Pferd und eine Pistole, ich wußte ja gar nicht, wie schwer so eine Pistole ist, ich hatte nur einmal eine in der Hand, damals, als wir zu dritt, das war überhaupt unheimlich, weil die Wohnung, also eigentlich war es ja in Wien, Prärie und so, nein, Wien ist im Vergleich zu der Provinzstadt, in der ich aufgewachsen bin, wirklich toll, wenn auch nicht der Nabel der Welt, aber doch toll, es passiert viel, man sieht viel, und wenn man so allein durch die Stadt streift, aber das war eben nicht dieses Wien, nicht diese kleine, enge Mozartkugelwien und Heurigengesang und Kaffeehausgemütlichkeit, sondern die Wohnung gehörte irgendeinem Russen, der gerade nicht da war, nein, die Wohnung gehörte einem Österreicher, der mit einer Russin verheiratet war, angeblich war er ein bissel irr, auf jeden Fall starker Alkoholiker, ganz düster, so wie die Wohnung, nur einmal war ich bei diesem Freund meiner Großmutter, auch in Wien, jetzt denke ich, es muß Meidling gewesen sein, weil es nur in Meidling so aussieht, also jetzt im nachhinein, und die Wohnung war auch so ohne Bezug zur Außenwelt, damals dachte ich, ganz Wien sieht so aus, Wohnungen für einen Menschen, klein, grau, und irgendwo liegt eine trockene, harte Scheibe Brot herum, und die Milch am Fensterbrett kann noch so frisch gekauft sein, sie stinkt trotzdem, und die Gäste gehen, und man selbst geht wieder zurück, und sogar der Fernsehapparat macht keinen Mucks und zeigt nur alte Bilder in Schwarzweiß. Die Pistole war verdammt schwer, wir haben Whiskey getrunken, die Anordnung der Wohnung habe ich überhaupt nicht kapiert, wir sind in irgendeinem dieser seltsamen Zimmer gesessen, um einen großen Holztisch herum, Nudeln aus irgendeiner Schnellpackung hat Vadim gegessen, und Bill zeigte mir inzwischen seine Waffe, auf die er ganz stolz war, wirklich, ganz seltsam stolz, und die Patronen zeigte er mir, und an der Wand hingen noch andere Waffen, Gewehre oder Säbel und so. Mit Vadim war ich damals zusammen, der trank gar nichts, aß nur diese scheußlichen Nudeln, während Bill, sonst immer sehr schweigsam, plötzlich anfing, mir irgend etwas über sich zu erzählen und ich mit der geladenen Pistole auf das Fenster zielte, aber nicht abdrückte, mir gar nicht vorstellen konnte, abdrücken zu können. Sie hat gestern abgedrückt, es heißt ja immer so, und dann drückte sie ab, im Englischen klingt das besser, to pull the trigger, wirkt schon bedeutender, aber auch abdrücken reicht schon, und dann drückte er ab, und was? Alles war vorbei? Es gibt ja so viele Pistolenmarken, so viele verschiedene, erst gestern während des Filmes habe ich mir gedacht, und Pistolenmarken gibt es auch so viele. Dabei versuche ich mich in Fotografie einzulesen und verstehe kein Wort von den vielen verschiedenen Kameras, die es gibt, und die Unterschiede zwischen gewissen Fotografen, oder besser der Qualität, den Wert gewisser Fotografien verstehe ich auch nicht, sie, dieses verdammte Weib hat gestern abgedrückt. Cool war sie natürlich, mein Gott, war die cool, so einen glänzenden, kalten Lippenstift, und mit hohen Absätzen ist sie auch bei ihren Einsätzen herumgestapft und natürlich sehr kurze Röcke, und immer toll geschminkt. Er, der Gute, der Tolle, der Bankräuber mit dem großen Herz, ist in das Haus zurückgegangen, um den Mann zu retten, der übrigens schon älter war, der eine Frau geliebt hat, die auch im Haus war, und deswegen ist er nicht gegangen, weil er sie nicht alleinlassen wollte, weil er sie liebte, wie er sagte. Ein älteres Paar, und sie sprechen von Liebe, und das glaubte ich plötzlich, und nicht diesem Clooney-Heini, doch dem auch, weil der sprach von diesen zufälligen Begegnungen, von denen es nur ein paar gibt, und die, also er geht zurück ins Haus, erschießt alle Verbrecher, sie rettet ihm dann das Leben, oder nicht? Egal, er schmeißt die Patronen raus und steht auf der Treppe ganz oben, und sie schießt, dazu nicht einmal ins Bein, sondern in den Bauch, hat abgedrückt, diese Sau, obwohl sie von großer Liebe gequasselt hat oder so was, oder hat sie nur zugehört? Dabei hatte die sicher keine Ahnung von Pistolen, das sah man gleich, also sie war keine Polizistin oder so was, sondern hatte nur irgendwelche Prinzipien, und vorstellen konnte sie sich auch nichts, und bei dieser Liebesszene waren vor dem Fenster nur Attrappen der Lichter der nächtlichen Stadt, und geschneit hat es, ganz kalt, einsam waren sie alle, aber abdrücken mußte sie trotzdem. Ich habe in einer Zeitschrift gelesen, daß sie mit dem Gewehr noch nicht so gut umgehen kann, aber die Liebesszenen mit Clooney funktionierten schon besser, aber das war natürlich eine frauenfeindliche Bemerkung, weil die Frauen können küssen, schießen aber können sie nicht, dabei war es Clooney in dem Film, der noch nie eine Waffe in der Hand gehabt hatte, und als der andere, den er gerade mit dieser bedrohte, diese Tatsache noch einmal rhetorisch nachfragte und danach, ob er denn nicht bißchen nervös sei, antwortete der coole Bankräuber mit *ein bißchen*, und das war vielleicht die schönste Szene im ganzen Film, weil eigentlich hatte der mit seiner Waffe gar keine Macht, und gezielt hat er nur auf diese typische Filmweise, weil er schon viele solche Bilder gesehen hatte, so daß er gar nicht mehr zu denken brauchte, jeder kann heute eine Waffe halten, jeder zielt so auf einen anderen, das erste Mal mit der Waffe in der Hand, und sie war natürlich das genaue Gegenteil, weil erfahren mit solchen Sachen, deswegen riskierte er ja auch etwas für die Liebe, oder was immer das gewesen sein soll, während sie ihm doch glatt in den Bauch schoß. Ich hätte damals den Arm nur ein wenig weiter nach rechts bewegen müssen, und ich hätte Vadim im Visier gehabt, dem ich die Nudeln aus dem Mund schießen hätte können, daran wäre er sicherlich nicht gestorben. Seltsamerweise habe ich Bills Waffe nie wieder gesehen, obwohl ich Bill immer wieder treffe, das letzte Mal im Türkenschanzpark, besser gesagt, wir sind da gemeinsam hingefahren, der Vadim war auch dabei, und es war so stinklangweilig, weil Bill uns das Küchenfenster des Hauses gezeigt hat, in dem er vor Urzeiten mit seinen Eltern gewohnt hat, und diesen Weg ist er zur Schule gegangen usw. Daneben irgendwelche geschminkten alten Möchtegerntussis, die in exaltiertem Adelsösterreichisch irgendwelche Geschichten erzählten, die sie für skandalös hielten. Ein Spielplatz mitten am Weg, eine Mutter las daneben ein Buch, und ich schaukelte, ohne daß mir irgend jemand einen Blick geschenkt hätte. Bill hatte überhaupt nur seine Vergangenheit, die Gegenwart bestand aus dieser Pistole und der Wohnung, die ihm gar nicht gehörte, und aus Vadim, der aus der Vergangenheit in die Ewigkeit und dann gleich in die Zukunft der Geschäftswelt übergewechselt ist, weil er die Gegenwart nicht versteht. Mit Vadim bin ich oft vor Schaufenstern von Waffengeschäften gestanden, denen ich gar nichts abgewinnen konnte, aber er hat immer davon gesprochen, daß er sich diese gerne kaufen würde und diese, und ich sage dann immer in solchen Situationen, also Männer und Waffen, super, gehen wir zusammen schießen, ich war noch nie schießen und finde das urcool, weil Frauen mit Pistole nun einmal doch sexy sind, außer sie sind über, da will ich mich jetzt einmal nicht festlegen. Mit der Maria saß ich auf einer Bank, wartete auf den Autobus, als sie sagte, wie cool sie es finde, wenn alte Frauen noch lange Haare hätten, aber ich fand das gar nicht cool, obwohl der Einheitslook bei den alten Frauen auch nervtötend ist, aber was soll schön daran sein, dachte ich, und wie lange kann ich noch lange Haare tragen, da bin ich erst mal verstummt und stimmte ihr zu, während sie eine Geschichte aus der Schulzeit hervorkramte, toll, originell, und sie müsse noch immer lachen, wenn sie daran denke, dabei erzählte sie die Geschichte vollkommen falsch, aber lachte trotzdem, wobei ich dann schnell weg wollte, weil ich diese alten Schulgeschichten satt hatte, am Abend Techno hören wollte und nicht über die Haarlänge von alten Frauen nachdenken. Aber wir mußten noch ein ganzes Stück miteinander fahren, und bis ich dann wegkam, war ich verdammt müde, so daß ich am Abend nur mehr zu Hause hockte, in einer schönen Sommernacht. Dabei habe ich nicht mehr viel Zeit in meiner Jugend, obwohl ich ja laut Améry noch im Alter, aber ich bin schon wieder irgendwo steckengeblieben, dabei muß ich mich noch beeilen, um das alles noch mitzukriegen, was jetzt so läuft, weil ich doch nur jetzt eine Chance habe, das alles zu begreifen, natürlich auch alles Améry, aber der ist ja schon lange tot, trotzdem muß ich rumrennen, um noch etwas Graues aufzutreiben, bevor sich diese beschissene Modefarbe wieder ändert, und seltsamerweise, das habe ich nie kapiert, gefällt mir Grau plötzlich nicht mehr, wenn es allen anderen nicht mehr gefällt, angeblich, aber heute bin ich in dieser ganzen beschissenen Stadt herumgelaufen und habe zwei Lehrerinnen dabei zuhören dürfen, wie sie über ihre Schüler reden, und eine erzählte von einem rosa Kuvert, das sie parfümiert hat und ohne Absender an die Eltern von einem Jungen abgeschickt hat, weil der nichts tut, und die Jungfrau daneben meinte, am Schikurs habe der den Schülerinnen gefallen, haha, intelligente Mädchen, und ich dachte, was meint die wohl mit intelligenten Mädchen, das heißt wohl verdammte Streberinnen, die entweder mit Faltenrock oder mit Street-one-Sachen rumlaufen, aber hübsch sei er ja, und die andere nickte nur und erzählte ihre Hellrosa-Briefpapier-Sache weiter, dabei hätte ich gern den Jungen gesehen und war so verdammt froh, keine Lehrerin sein zu müssen, die aufregenden Buben das Leben schwermacht, weil sie selbst zuviel rosa Briefpapier zu Hause rumliegen hat und anderen irgendein Wissen hineinpressen muß, mit dem wir dann das Leben besser meistern, die Welt besser verstehen und uns keine

Bruce-Willis-Filme ansehen müssen, wie das der Düringer, der Kabarettist, macht, weswegen er in gewissen Zeitungen als Vollidiot hingestellt wird, obwohl er eine Autosammlung hat und auch schon ein Häusl gebaut hat, während andere mit fünfzehn die Schule abbrechen, um irgendwo für einen Hungerlohn, Kollektivvertrag nennt sich so etwas, arbeiten zu müssen und mit Zwanzig die Existenzkrise bekommen, irgendwann wird wohl etwas aus ihnen, obwohl ich nicht weiß, wie die Geschichte zu Ende geht. Aber Lehrer mit schweinchenrosa Briefpapier werden sie wohl nicht mehr werden, Gott sei Dank, davon scheint es sowieso schon zu viele zu geben. Wie auch die Professorin Diller damals schon in ein Alter kam, wo man sich von der Mutter nicht mehr die Zöpfchen flechten läßt, habt ihr schon gehört, Jungfrau ist die noch, als gerade der erste Bub die Muschi berührte und wir die Welt so gut kannten, bis sie wieder in ganz kleine Stückchen zerfiel, in ein Fensterglas geschossen, um das Spiegelbild des Vaters nicht sehen zu müssen, der dieses Jahr das Alter Robert Redfords erreicht hat. Die Splitter trafen niemanden, nur zog es in der Wohnung, aber dem Alkoholiker war sowieso nur warm, wenn er was zu trinken bekam, Weißwein meist, selten ein Schnäpschen, und dann war ihm heiß, so daß es ihm nur recht war, daß die Fensterscheibe zerschossen war, wenn so auch die ganze Nachbarschaft den Geruch des Alkohols in ihren Wohnungen hatte und die Alten die Polizei riefen, weil sie nicht verstanden, was da los war, und dann auf der Parkbank keppelten. In einem Park wurde ich diesen Sommer fotografiert, mit drei Hunden, wobei einer erst dazukam, als schon ein Foto mit zwei Hunden geschossen war, und dieser benahm sich so, als wüßte er, wie man sich als Fotomodell zu benehmen hat, schnupperte ein bißchen, rieb sich ein wenig am Bein, bevor er posierte. Ihn hätte ich nicht erschossen, aber die dämliche Kuh heute, als ich die Rolltreppe hinaufhetzte und sie sich mit ihrem Stock in einer Geschwindigkeit von einem Meter die Stunde fortbewegte, aber auch da ließ ich sie noch, weil schließlich, da gibt es einen Witz, also zwei alte Damen mit Einkaufstaschen gehen die Straße entlang, die eine ein wenig weiter vorne, die andere ein wenig langsamer, ein paar Meter hinten. Keift die eine zur anderen: Kannst du denn nicht ein bißchen schneller gehen? So kommen wir ja niemals weiter! Und ich mußte so lachen, als ich gemächlich vorbeiging und sie trotzdem leicht überholte, so daß ich mich umdrehen konnte und die langsamere einfach niederschoß, die Pistole war von Bill, aus dessen Wohnung ich gerade kam, ein kleines Zimmer, für das er viel Miete zahlte, Unordnung, und jetzt ist noch mehr Unordnung, Gott sei Dank weiß er nichts von der Modefarbe Grau und auch nichts von dem Kirschrot, von dem ja noch immer nicht klar ist, welches Rot das genau ist, denn sonst, und auch er hält viel von Designermode, so hätte er wohl einen Anfall bekommen wegen des Rot überall, in seinem grauen Gewand, aber er wußte nichts von der Modefarbe, sondern nur von Designern. Die Alte blieb einfach am Gehsteig liegen, die andere sah mich erleichtert an und ging weiter, im selben Schneckentempo, und ich dachte mir, ob ich nicht auch sie, aber sie wollte ja zumindest noch, dachte ja zumindest noch, zumindest war sie schneller als die andere und begriff das, und schließlich besteht für jeden Menschen die Möglichkeit des Freitods. Komisch, dachte ich damals, wirklich komisch, daß die Alte mich erleichtert statt erschreckt angesehen hat, und nicht einmal gekeift hat sie, wie das doch so üblich ist bei alten Menschen, die junge sehen. Also die heute auf der Rolltreppe, aber ich hatte die Pistole nicht mehr, denn ich mußte daran denken, an diesen Film, von dem alle so begeistert waren, ein Videofilm von einer Finnin, wo ein junger Mann in der Straßenbahn sitzt, nasenbohrt, eine Alte keppelt daneben, ich verstand kein Wort, es war Finnisch, aber im Gekeife wird es wohl kaum Unterschiede geben, und dann beim Aussteigen zieht der junge Mann eine Pistole, drückt ab, ruhig ist es plötzlich im Waggon, dann kauft er sich eine Wassermelone, und die junge Verkäuferin im Geschäft lächelt ihn an, aber er sagt nichts zu ihr, sondern geht seiner Wege, das Einkaufsnetz mit der Wassermelone in der Hand schwingend. Scheiße, dachte ich, die waren so widerlich, und Easy Rider, mein Gott, dieser Schluß, als alle niedergestreckt werden, entsetzlich, Jung gegen Alt, wir müssen weiter, so ein Blödsinn, und geärgert habe ich mich, deshalb habe ich die Pistole dann weggeschmissen, damit ich nicht noch einmal, weil schließlich geht es doch nicht um Jung und Alt, weil der Bill, aber Bills Pistole hätte ich wohl doch aufheben können, zur Erinnerung an ihn, habe ich aber nicht, weil sie doch kommen könnten. Mit Vadim bin ich auch auseinander, so daß meine Freiheit immer grenzenloser wird und ich mir nicht immer anhören muß, das sollst du nicht tragen und das auch nicht, und überhaupt, was hörst du für Musik, und die Filme, die du dir ansiehst, den blauen Nagellack, der diesen Sommer auf den Zehennägeln so in war, habe ich mir auch nicht gekauft, aber Grau, Grau

Nächte

Über Markus sagte Petra im *Torso* zu mir: »Ihm liegt viel an dir. Das habe ich vorige Woche, als wir im Beisel gesessen sind, gesehen.« Sie stellte mir einige intime Fragen, ob er stöhne, ob ich stöhne und so etwas, und ich beantwortete diese Fragen, weil ich ein wenig betrunken war, mich schlecht im Magen fühlte, mich aus dem Kreis der vier Menschen, in dem wir standen, herausgelöst hatte und zu ihr gekommen war, um euphorisch mit den ein wenig ungewöhnlichen Einleitungsworten, »Petra, ich muß dir etwas erzählen« etwas herauszusprudeln, auf diese Art neben ihr zu sitzen kam und antwortete, weil kurz zwischen uns eine Möglichkeit entstanden war.

Im *Torso* saß ich oft nur dabei, ließ mich hin und wieder in ein Gespräch verwickeln, von mir aus begann ich keines. Mir war schlecht, irgendwie wollte ich schon wieder nach Hause, obwohl wir kaum länger als eine Stunde dort waren. Ich fragte mich, warum schon wieder Alkohol, und ob das immer so sei, diesen Zustand, in den man sich selbst begeben hatte, so schnell verlassen zu wollen – ich, die fast jeden Tag trank.

Während ich mit dem Rücken zu dem Tisch saß, beobachtete ich niemanden wirklich, hatte meine

Augen nur offen. Als ich mit Reinhard über dessen Reise sprach – wo ich diese Begeisterung hernahm und dieses Lachen? –, sah ich aus den Augenwinkeln, wie sich Markus mit Petra unterhielt, die auf dem Tisch saß und die Haltung eingenommen hatte, die sie in Lokalen immer einnimmt, wenn sie Leute kennt, die dann irgendwann zu ihr kommen, um kurz mit ihr zu reden. Als hätte ich so etwas nie gemacht, als wäre ich plötzlich, das erste Mal, in ein Lokal gekommen, wäre das erste Mal im Auto, nachdem wir in der Küche gesessen waren, Wein getrunken und Chips gegessen hatten, spät nachts zu einem Konzert gefahren, hätte zum ersten Mal den Stempel auf meine Hand gedrückt bekommen, bewunderte ich die Gesten, die Petra und Markus miteinander tauschten, bevor sich Markus zu anderen Leuten stellte und Petra sich wieder Birgit zuwandte. Bernd kam vorbei und fragte mich, ob ich wirklich so gelangweilt sei, wie ich aussehe, was ich lachend bejahte (Doch, in so einer Situation war ich schon gewesen. Die Automatik des Lachens und des Antwortens, auch wenn es vielleicht nicht die Antwort war, die zu geben gewesen wäre, hatte ich inne.), worauf er, ein fröhlicher, junger Mann, der mit nichts verriet, was er war oder dachte, mich zum Tischfußballspiel aufforderte und ich auch sofort mitging. Wir spielten gegen zwei junge Männer, verloren, hielten uns aber tapfer. Die Automatik des Spielens war mir vertraut, aber dann saß ich wieder auf dem Sessel, hatte mich Bernd nicht angeschlossen, als wäre nichts gewesen und im eigentlichen Sinne war auch nichts (gewesen). Petra, Birgit, Reinhard und auch meine Zigaretten waren verschwunden. Petra hatte davon gesprochen, ins *Frey* fahren zu wollen. Ich hatte sie müde angesehen und gemeint, auch ich würde das jetzt gern wollen, ins *Frey* fahren, während ich überhaupt nichts wollte, nicht ins *Frey* fahren, nicht heimfahren, nicht an diesem Tisch sitzen, nichts, und so schließlich wieder auf demselben Sessel zu sitzen kam, ohne Zigaretten; aber selbst wie ich Zigaretten schnorrte, verriet Erfahrung, und wie ich allein auf dem Sessel saß – dazu war jahrelange Übung (in Wirklichkeit hatten ein paar Tage gereicht) notwendig gewesen. Die drei waren weg, Markus kam paarmal vorbei, aber ich redete Unverständliches über Resignation und konnte die Einsprüche von Markus nicht ertragen, verzog den Mund und schnappte mir eine Zigarette, worauf Markus sich über diese gekünstelte Geste lustig machte. Eigentlich hätte ich gar nichts mehr sagen sollen, was ich in einem gewissen Sinne auch nicht mehr tat; wir warfen uns, als Markus noch ein-, zweimal kam, meine tiefe Meditation störend, Wörter zu, ich lachte, er wohl nicht, doch waren es fröhliche Wörter, gelernt in Lokalen und in Nächten wie dieser.

Schließlich gab ich mir einen Ruck, stand entschlossen auf und zog meinen Mantel an. Markus stand bei mehreren Leuten; wo Bernd war, wußte ich nicht; ich näherte mich der Gruppe, winkte

Markus zu, als ich seinen Blick in meine Richtung bemerkte, er nickte, ich wartete zwei Sekunden, weil ich dachte, ich hätte noch etwas gehört, dann ging ich. Ich war schon durch die Tür, als ich meinen Namen hörte und mich umdrehte. Markus stand mit einem Liptauerbrot in der Hand vor mir, *ja, ich gehe jetzt, ja, das hat doch keinen Sinn*, ich ging, ohne ihn zum Abschied zu küssen, hinaus in die Kälte, kein Nachtautobus weit und breit, Wochentag bedeutete, daß ich, selbst wenn ich einen gefunden hätte, vielleicht lange warten hätte müssen. Also ging ich weiter. Es waren kaum Autos auf der Straße, meine Stiefel hatten zu hohe Absätze, als daß es ein gemütlicher Spaziergang werden konnte, in meinem Kopf drehte sich alles, die Straßen waren dunkel wie die Villen, an denen ich vorbeikam, dunkel waren, am Straßenrand viele Bäume, die kein Licht durchließen, in meinem Kopf zu viele Gedanken und kein einziger, wenigstens bewegten sich meine Füße vorwärts, während mir die Tränen in die Augen stiegen. Eine seltsame Hilflosigkeit machte sich in meinem Kopf breit, die Erwartung eines warmen Bettes mit einem vertrauten Körper darin, der auf mich warten würde, an den ich mich kuscheln könnte, wenn ich nach Hause käme, so daß ich nicht zu weinen bräuchte, irgendwo in einem Bezirk am Rand der Stadt. Der vertraute Körper existierte nicht, lag weder in meinem Bett noch befand er sich sonstwo. Die Schwere der Tränen existierte, das Brummen in meinem Kopf, das kindische Wimmern innerhalb des warmen Mantels, die Pfeile, die den Weg zum Gürtel mit der Angabe der Entfernung wiesen. So trostlos, wie mich die Straßen ausstießen und weitertrieben, empfing mich der Gürtel. Sogar das Taxi, das am Straßenrand hielt, war dunkel und muffig und stellte sich mir nur durch einen unverständlichen Zufall zur Verfügung. Ich sah nicht auf den Taxameter, ich sah nicht hinaus, ich war nur dieses wimmernde Kind, das cool und abweisend in einem schwarzen, langen Mantel nach Hause gefahren wurde. Taxifahren hatte ich nie gelernt. Als wir an Schönbrunn vorbeifuhren, fiel mir ein, wie ich in einer anderen Nacht mit Markus vollkommen aufgedreht und mich wohl in seinem Auto fühlend, die Stiefel auf das Handschuhfach gelegt, an dem Schloß vorbeigefahren war und zu ihm sagte, er müsse jetzt nach links schauen, gleich, gleich komme Schönbrunn, leuchtend, gelb, hell. Fast jedes Mal, auch in diesem Moment, wenn ich an Schönbrunn vorbeifuhr, obwohl ich nachts x-mal an Schönbrunn vorbeigefahren war, sah ich auf das gelbe Schloß, das am Ende der Straße, die wir hinunterfuhren, lag, bevor wir nach rechts abbogen. Ich gab dem Fahrer sogar Trinkgeld (Trinkgeldgeben lernt man mit der Zeit), weil er einen kurzen Weg gefahren war, dann stieg ich in die Dunkelheit aus, die sich seltsamerweise nicht von der unterschied, durch die ich eine halbe Stunde vom *Torso* zum Gürtel gegangen war.

Diese Nacht schlief ich nicht gut. Das Läuten des Telefons ließ mich, spät, aufstehen, es war Markus, der wissen wollte, ob ich gut nach Hause gekommen war, und nur weil ich gerade eben erst aufgewacht war, konnte ich diesen fröhlichen Smalltalkton sprechen, der mir schon unmöglich weit weg erschien, als ich den Hörer auflegte und durch die Balkontür hinaus in den Garten sah.

Am Abend ließ ich mich von Markus zum Weggehen überreden. Er erzählte mir, wie super mich ein Typ, mit dem ich am Abend zuvor Tischfußball gespielt hatte, gefunden hatte, was mich wunderte, weil ich kaum mit ihm gesprochen hatte, so daß ich mich fragte, ob er mich nicht verwechselte, und dieser Typ habe Markus dann auch Vorwürfe gemacht, daß er mich nicht nach Hause gebracht habe. Vielleicht durch den seltsamen Kick dieser Geschichte oder durch den Telefonanruf davor oder durch das Zerschneiden der Pringlesdose in der Küche sagte ich schließlich, *ok, ich komme, aber erst später, erst so um halb zehn*, obwohl ich doch alleine sein, einen gemütlichen Abend verbringen, keinen Menschenkontakt mehr wollte und doch kurz vor einer Depression stand oder war das nicht genau so? Aber als ich von der U-Bahn-Station durch leichten Schneefall zu Markus' Wohnung ging, schwebte ich und sang, bewegte sich meine Seele ganz leicht dem Himmel zu.

Bei Markus saßen einige Leute, wir kifften und tranken Rotwein, von beidem merkte ich nicht viel, und als es schließlich in ein Lokal gehen sollte, sagte ich, ich gehe nach Hause, obwohl Markus meinte, er müsse nicht mit, *nein, nein, ist schon ok, ich fahre heim*, sagte ich, und nur dadurch, daß der Nachtautobus noch nicht fuhr und die letzte U-Bahn schon weg war, und nur dadurch, daß Bernd ein Stockwerk zu früh abbog und ich ihm folgte, er die Sprechstundenzeiten des Arztes studierte, ich ihn diese abfragte und wir schließlich wetteten, ob er oder ich recht habe, nur deshalb landete ich schließlich doch wieder in einem Lokal, weil Bernd den Eintritt und auch ein Getränk zahlte. Nur deshalb saß ich auf dem Barhocker und unterhielt mich mit Julia, der Gitarristin der Band, die am Tag davor im *Torso* gespielt hatte, wo ich sie überhaupt nicht bemerkt hatte, über Tongefäße, weil nämlich die alten Schotten, so hatte es Bernd erzählt, den Whiskey aus Tongefäßen getrunken hatten, so daß Julia und ich sämtliche Neurosen der Wiener und Salzburger auf das Tongefäßproblem zurückführten, Bernd allmählich von Tongefäßen die Nase voll hatte und sich mit Markus unterhielt, aber immer wieder zu uns zurückkam. Julia war in Hamburg gewesen und leitete irgendein Studio, es war ganz klar, was sie hatte und was sie war. Sie wurde immer betrunkener. Mir gefiel es, wie wir plötzlich zu reden begonnen hatten und in unseren Tongefäßsog gezogen worden waren, aus dem wir nicht mehr herauskamen, obwohl ich wahrscheinlich nie so lange mit Julia Barhocker gegen Barhocker gesessen hätte, wäre nicht Bernd zu Beginn dagestanden, weil ich den Anfang vielleicht nicht geschafft und so lieber auf die Tanzenden geschaut hätte, die es nicht gab; ein leichter Nebel hing im Lokal; von dem Wintergarten, der keiner war – ein Landhaus war es, mitten in Wien –, kam grooviger Jazz, vielleicht war es auch Louis Armstrong, und obwohl ich auf dem Barhocker saß und mit Julia über Tongefäße und Hamburg redete, tanzte ich gleichzeitig eng in dem leeren Wintergarten, wobei es egal war, mit wem ich tanzte, mit Julia tanzte ich, und auch mit Bernd, vielleicht auch mit Hans, nach dem Tanz stellten wir uns wieder zu anderen Leuten, ohne daß Sehnsucht nach dauernder Nähe aufgekommen wäre. Bernd sprach davon, als er wieder bei Julia und mir stand, daß er ein Lokal aufmachen würde, in dem es so viele Sofas geben würde, daß man immer über mindestens eines steigen müßte, um zu einem zu kommen, auf dem Platz zum Sitzen sei, und in so einem Klub könnte man einen Sound wie hier jetzt spielen, weil er doch auf diesen Sound stehe, aber eben nur, wenn es genügend Sofas gäbe, eben so viele Sofas, daß man über diese steigen müsse.

Hans wollte gehen und ich mit ihm, weil wir dieselbe Richtung hatten und es an der Zeit war, nach Hause zu gehen, wo ich doch meine Wohnung überhaupt nicht verlassen hatte wollen, aber plötzlich war Whiskey im Gespräch und Taxi zu viert, und Julia meinte, sie könne eine ganze Flasche Whiskey trinken, ohne irgend etwas davon zu spüren. Julia, Bernd und Paul gingen schon hinaus. Ich verabschiedete mich von Markus, lachend, weil das, was

Wille genannt wird und in diesem Fall mit mir in Zusammenhang gebracht wurde, wieder einmal nichts von seiner Freiheit zeigte, küßte ihn nicht, sagte, ich wisse nicht, ob ich jetzt, wohin auch, werden ja sehen, ob sie noch draußen sind, Markus war ernst, und ich war es nicht. Den Weg hinaus fand ich fast nicht, peinlich wäre es gewesen, wäre ich zurückgegangen und hätte gefragt, *Sperrt ihr mir die Tür auf?*, aber dann fand ich die offene Eingangstür, ging den kurzen Weg durch den Gang, über meine Dummheit lachend, und da standen sie, und ich sagte, *ihr seid ja noch da, Scheiße*, lachte wieder, saß schließlich im Taxi, wir, Julia, Bernd, Paul und ich, fuhren zu Bernd, um Whiskey zu trinken.

Der Whiskey stand auf dem Tisch, er wurde eingeschenkt, es gab noch genügend Zigaretten, Paul unterhielt sich mit Bernd und Julia sich mit mir, wobei ich die Versuche, ein gemeinsames Gespräch zustande zu bringen, irgendwann aufgab und mich fallenließ, Paul, als ich wieder einmal aufsah, nicht mehr da war, Julia, immer wieder nach ihrem Whiskeyglas greifend, immer undeutlicher sprach, trank ich mittlerweile langsamer, weil die gestrige Übelkeit noch in meiner Erinnerung war, und ich nicht wieder total daneben sein wollte, erzählte Julia das, was sie schon in dem Lokal vorhin immer wieder angedeutet, zwischen den Zeilen erzählt hatte und vielleicht schon in der Runde durch ihre seltsam unsicheren Bewegungen, und sie sei doch keine wirkliche Jungfrau, gar nicht pedantisch, und habe, nachdem in einem Film eine Frau zur anderen gesagt habe, du bist eine wirkliche Jungfrau, du hast doch sogar dein Gewürzregal alphabetisch geordnet, deswegen sofort Chaos in ihr vorher geordnetes Gewürzregal gebracht und müsse deswegen jedes Mal, wenn sie jetzt ein Gewürz suche, daran denken. Über ihre Ehe erzählte Julia jetzt, über einen anderen Typen, mit dem sie ein Jahr zusammen gewesen war und der sie verlassen habe, zum ersten Mal, und sie sei doch schon 32, habe ein Typ sie verlassen, Bernd war irgendwohin verschwunden, ich hatte das Gefühl, als habe er es schon bereut, uns eingeladen zu haben, und einmal sei sie schwanger gewesen, da habe sie abgetrieben, aber nie wieder würde sie abtreiben, und sie wisse nicht, ob sie jetzt schwanger sei, und wenn, dann wisse sie nicht einmal, wer der Vater sei, aber sie wolle ein Kind, bis 35 gibt sie sich Zeit, und jetzt ist sie vielleicht schwanger, aber sie wisse nicht einmal, wer der Vater ist, und wie alt bist du eigentlich, und was machst du, und ja, mein Mann war Philosoph, die Paradoxa, sie habe da ein Buch gehabt, über die Paradoxa, das habe sie schon interessiert, vieles von dem, was er damals gesagt habe, habe sie noch immer im Hinterkopf, aber er habe weit entfernt von der Wirklichkeit gelebt, kein Bezug zur Realität, und daran sei auch die Beziehung gescheitert, und dann war sie eben wirklich verliebt in diesen anderen, der auch ein Grund dafür war, daß es wirklich aus war mit dem einen, aber der andere habe sie eben verlassen, und jetzt hänge sie hier herum und sitze oft zu Hause und hänge herum, dabei wisse sie, daß sie zu zweit sein wolle; während Bernd kochte, versuchte ich zu trösten, als sie wieder davon sprach, daß sie vielleicht schwanger sei, man ist in solchen Situationen nicht schwanger, das weißt du doch, meistens löst sich so etwas auf, dir geht's momentan nur nicht gut, das macht dich einfach fertig, daß du vielleicht nicht weißt, wer der Vater ist, und daß es dir nicht gutgeht, sieht man ja auch daran, daß du anscheinend mit Typen schläfst, die dir nichts bedeuten, und sie meinte, nein, nein, so sei das nicht, und das sei das erste Mal, daß sie nicht wissen könne, wer der Vater ist, und eine Femme fatale sei sie nicht, und ich antwortete, wer ist schon eine Femme fatale?, sie konnte ihr Glas kaum noch in der Hand halten; wir waren zu sehr geübt in der Nacht- und Betrunkenheitskommunikation, um in dieser Nacht Freundinnen zu werden, auch wenn wir uns hin und wieder berührten, wie sich Freundinnen berühren.

Bernd drückte mir einen Teller Nudeln in die Hand und Julia auch einen und setzte sich, um zu essen. Julia redete noch immer, ich aß meine Nudeln, die unglaublich gut schmeckten, langsam begann sich ein wohliges Gefühl in mir auszubreiten, ich hörte nebenbei Julia zu, sah mit Besorgnis auf ihre Nudeln, weil ich Angst hatte, sie würde den Teller zu sehr kippen, aber sie stopfte nur automatisch ihre Nudeln in den Mund, und ich aß und aß und wurde immer zufriedener. Julia hatte ihren Teller leer gegessen, sagte kurz entschlossen, sie gehe jetzt schlafen, Bernd ging mit ihr in das andere Zimmer der Wohnung, um ihr das Hochbett zu zeigen, kam wieder.

Es war kurz nach fünf Uhr morgens, ich wollte meine Nudeln fertig essen und dann mit der U-Bahn nach Hause. Obwohl ich im Kopf hatte, daß ich meine Nudeln schneller essen sollte, aß ich im gleichen Tempo weiter, weil es mir gut ging und ich außer den Nudeln nichts brauchte, sagte aber, ich würde dann gehen, fragte nach der U-Bahn, Bernd erklärte mir den Weg zur Station, aber ich könne auch hier schlafen, worauf ich meinte, ich hätte noch Zeit, mich zu entscheiden. Es lief gute Musik, Bernd legte immer wieder neue Sachen auf, und wir redeten immer weiter, begannen über Ideen zu reden und über die Nichtverwirklichung dieser und über Taschen aus Lastwagenleinen und über Skibindungen, über zu langes oder doch nicht zu langes Studium, ich lag auf der Couch, wir rauchten Camel und tranken nach einer kurzen Phase Wasser – jetzt können wir wieder Whiskey trinken, sagte Bernd – wieder Whiskey. Ich fühlte mich so vollkommen frei und zufrieden, mußte nicht gehen und mußte nicht bleiben, sondern redete und hörte zu. Bernd erzählte über seine Reise in Afrika, ich sagte, das Blöde an solchen Reisen ist, daß man selbst nicht weg ist; wenn andere wegfahren, sind sie weg, aber man selbst ist nie weg, und er meinte, nach drei Monaten, dann denkt man nicht mehr an zu Hause, dann ist man wirklich weg, es passiert irrsinnig viel, aber dann kommt man zurück, und alles ist wieder so wie vorher, nichts hat sich verändert, und deswegen habe er auch weg müssen aus Salzburg, weil sich nichts verändert habe, obwohl er gern in Salzburg sei, weil dort Sonne sei und die Leute sich kennen würden, und nicht so wie in Wien, wo die Leute voneinander abgekapselt leben; wenn man in Salzburg weggeht, auch allein, dann redet man mit zehn verschiedenen Menschen, die man vorher nicht gekannt hat. Plötzlich ein lautes Geräusch, und Julia kam heraus, anscheinend vom Hochbett gefallen, zielte sie schnurstracks auf das Bett in unserem Zimmer zu, verkroch sich unter der Decke und schlief weiter, wir sahen sie verwundert an, fragten, ob sie sich verletzt habe, aber sie murmelte nur etwas, und wir redeten weiter, über das Zimmer, den großen Tisch, den er zum Arbeiten brauche, daß er oft zu Fuß von der Universität heimgehe, weil irgendein Institut gerade geschlossen sei und er dann nicht wisse, was er tun solle. Und eigentlich sei es sowieso egal, was man studiere, er wolle ja das gleiche wie Markus, in Afrika, da habe er Leute getroffen, die wirklich etwas tun wollten, gerne studiert hätten, aber keine Möglichkeit hatten, hier können es die Leute und tun es nicht, und so habe er dieses technische Studium angefangen, nachdem er vorher zwei andere abgebrochen habe, aber jetzt studiere er wirklich, Julia schnarchte mit Tom Waits um die Wette, ein Gefühl von Freundschaft war im Zimmer, obwohl es nicht ganz klar zu sein schien, was wir bereit waren zu geben, wir füllten Whiskey nach und rauchten immer wieder noch *eine* Zigarette, bis wir schlafen gingen, es war hell vor dem Fenster geworden, ungefähr acht Uhr morgens, beide aufs Hochbett kletterten, weil Julia schnarchte, lagen wir nebeneinander, redeten über Hochbetten und Camus, bis wir irgendwann einschliefen.

Als ich aufwachte, hämmerte es an der Tür, doch ich blieb liegen, versuchte weiterzuschlafen. Kurz darauf läutete das Telefon. Bernd stand auf, kletterte die Leiter hinunter, kam zu spät, da läutete sein Handy. Ich hörte Julia und Bernd in der Küche und kletterte schließlich auch aus dem Bett. Bernd hatte Kaffee aufgestellt und wusch gerade das Geschirr, Julia ging Frühstück einkaufen. Ich setzte mich in die Küche, wir redeten über den gestrigen Abend, die Nacht. Julia kam und packte Semmeln, Schinken, Salami, Käse, Erdbeerjoghurt, Butter und eine Honigmelone aus. Bernd hatte Musik aufgelegt, der Sound stimmte, das Frühstück war gut, mir war schwindlig, ich konnte kaum einen klaren Gedanken fassen und zitterte, Bernd hatte gemeint, das komme vom Whiskey, ihm gehe es genauso. Paul und Markus kamen. Ich war gespannt, ob es irgendwelche Folgen geben würde, denn ich wußte nicht, wie Markus darauf reagieren würde, daß ich hier bis in den Morgen getrunken und auch hier geschlafen hatte. Ich ging in die Küche, wechselte ein paar Worte mit ihm, der etwas distanziert schien. Ich setzte mich wieder auf die Couch im Zimmer, hörte zu, aß noch ein wenig, rauchte. Und irgendwann saß Markus dann neben mir auf der Couch und berührte mich leicht, spielte Xylophon, steckte mir das Stäbchen in die Kniekehle. Markus sagte, er versuche seit Tagen etwas mit mir zu machen, aber nie klappe es. Ich lachte verwundert.

Mittlerweile war es vier Uhr nachmittags. Julia war mit Rätsellösen beschäftigt, Markus kuschelte an mir, Paul saß herum, Bernd suchte seine Sachen zusammen.

Wir verließen die Wohnung, Paul wollte in die Stadt, Julia wollte schlafen, Bernd und Markus wollten jemanden übers Wochenende besuchen, und ich fuhr mit, Klaus abholen, Bernd hatte mich gefragt, ob ich sie nicht begleiten wolle, und Markus, ob er nicht dableiben solle, und beides hatte ich abgelehnt, weil ich arbeiten mußte. Als Bernd Klaus holte, knutschten Markus und ich am Rücksitz des Autos, das zwischen hohen, alten Häusern stand, die Lichter der Pizzeria leuchteten herein, mein Kopf hatte den Whiskey der Nacht noch immer nicht abgebaut. Unsere Hände streichelten einander, bis wir vor mein Haus kamen, es war schon dunkel. Als ich ausstieg, sah Klaus mich nur kurz an, Bernd lachte, beide sagten *Ciao,* und Markus blieb seltsam verloren, mich immer noch streichelnd, zurück. Auf dem kurzen Weg zur Haustür sang ich laut das Lied, das eben im Auto gespielt worden war. Die Blicke, die ich dafür erhielt, schoß ich zielsicher zurück, mitten ins Herz.

Eine CD lang

Ich möchte eine Liebesgeschichte erzählen, aber es gibt keine Geschichten mehr über die Liebe. Es gibt eine Menge anderer Geschichten, die alle erfunden sind, wobei ich die nicht erfundenen nicht verstehen würde, weil ich nicht begreifen kann, daß es eine andere Realität geben kann als diese seltsamen, verschwommenen Tage, die wohl, so sagt man, aufeinanderfolgen. Darüber weiß ich nichts. Ich weiß nur, daß ich aufstehe, es passiert ein Tag, ein Abend, eine Nacht, und irgendwann ins Bett falle, mich wegträume, bis ich wieder aufstehe. Manche Phasen zwischen dem Aufwachen und Einschlafen sind länger, andere kürzer; ob das schon eine Aufeinanderfolge ausmacht? Wahrscheinlich. Heute ist der 24. April, morgen ist der 25. April und gestern war der 23. April, aber ich weiß nicht, was das soll, dieses Zählen der Tage, bis sie vorbei sind.

Ich würde gerne eine Liebesgeschichte erzählen, aber es gibt keine, schon lange nicht mehr. Meinem vorigen Geliebten erklärte ich erst vor kurzem, daß ich nicht mehr Geliebte sein will, und zur Zeit bin ich wieder in einer Sehnsucht versunken, die mich gar nicht mehr losläßt, die einen Menschen betrifft, der damit wahrscheinlich wenig zu tun hat, der aber mein Leben ändern hätte können – das weiß ich –, dessen Leben ich ändern hätte können, – das weiß ich auch –, und der nun zu einem bloßen Geist der Vergangenheit werden wird; schon jetzt bin ich davon überzeugt, ihn auf der Straße nicht wiederzuerkennen; dabei ist alles nur auf ihn gerichtet, all das Trinken der letzten beiden Wochen, all das Zu-Hause-Bleiben, die Auswahl der Lokale, der Kaffeehäuser, die ich besuche, in denen ich sitze und meinen Blick schweifen lasse, während ich mit jemandem rede, das Gutaussehen zu jeder Zeit, wenn ich das Haus verlasse, diese Gleichgültigkeit, seltsame Gleichgültigkeit allem gegenüber, Darüberstehen, abwechselnd mit dem Einrollen des Körpers, meines, der immer durchtrainierter wird, ja, seit einiger Zeit betreibe ich Gymnastik, weil ich weiß, daß man alles unter Kontrolle haben muß, aber ich kenne mein Leben und weiß, daß oft nur ein Wort genügt, um das anderer total durcheinanderzubringen, ein richtiges Wort zur richtigen Zeit, und sonst kalte Oberfläche, die ohne Zugang ist.

Ich möchte dich verführen, ich hätte gern in diesem normalen Leben, das ich kurz mitbekam, eine Rolle gespielt. Ich hätte mich dir unterwerfen können, ich wäre immer weit weit weg von dir geblieben, ich hörte dir nicht einmal zu, nur dein Körper, dieser makellose weiße Männerkörper, und die Art deines Tanzens, pure Leichtigkeit, und das ungewöhnliche Aussprechen von Sachverhalten. Und wenn ich daran denke, dann, dann wird meine Sehnsucht nach irgend etwas Unbegreiflichem, Unbekanntem nur noch größer, obwohl ich nicht wissen kann, ob ich dich wirklich sehen will, wenn du in der Alltäglichkeit aufgehst und nicht mehr das Nachtspiel weiterführst. Ich höre diese CD, immer und immer wieder ...

Andere Menschen machen so schnell müde, wenn man nicht bei sich bleibt, auch noch bleibt, nur bleibt, andere Menschen, diese CD macht mich noch lebendig, ohne bei mir zu bleiben ...

Die ganze Welt kotzte mich an. Keiner meiner so zahlreichen Freunde und Bekannten krümmte einen Finger, um mich anzurufen, dabei war Ostern, aber wahrscheinlich rief genau wegen dieser Feiertage niemand an.

Die Wohnung ist leer, alle meine Mitbewohner sind ebenfalls »nach Hause« gefahren, um Ostern zu feiern, und ich bin hier, versinke in philosophischen Abhandlungen und Wein, Bier, Nachtleben, Großstadt, Großstadt, wir lieben dich, auch wenn du uns manchmal zu sehr hetzt.

Meine Inbox ist leer, keine Mail heute; weil irgend so ein beschissener Server nicht funktioniert, warte ich vergeblich auf Schokoladeworte, die mein Sein versüßen könnten. Also nicht. Dann nicht. Was brauche ich euch! Ich habe mich!

Die Nacht kommt immer schneller und dunkler, nimmt mich auf. Ich höre laut Musik, dann lese ich weiter, trinke Kaffee, bis ich auf Rotwein umsteige, rauche eine Zigarette nach der anderen, bis ich mich anziehe und fertigmache, um tanzen zu gehen, weiterzutrinken und die laute Staccatomusik mein Gehirn zudröhnt, da bewegt sich etwas in der Seele, und all diese Beziehungen und Worte lösen sich auf; ich sitze nur und schaue zu, heute sind wenige Menschen hier, angenehm, weil erst dadurch Clubatmosphäre aufkommt, laut ist meine Stimmung, ganz seltsam betrunken, und ein sich abwechselndes Schauen und Bewegen, während die Musik in meiner Brust hämmert. Ich fange Blicke auf, werfe sie zurück, sehe den Paaren zu und denen, die alleine ziellos durch das Lokal schweifen. Ich tanze, beginne langsam, mich zu bewegen, einzutauchen in die Musik, wieder und wieder unterbrochener Rhythmus, wir alle starren auf die Wand, wo auf Bildschirmen schnelle Bilder vorbeiziehen. Mein Körper wird immer leichter, ich beginne Blicke von einem Typen aufzufangen, cool bist du und sehr betrunken, der Typ geht auf und ab, schwankt ein wenig, bewegt sich mit der Leichtigkeit, die ich fühle, manchen seiner Blicke weiche ich nicht mehr aus, gehe also und kaufe mir noch etwas zu trinken, die Sache zu Ende führen, solange er da ist, nicht wegrennen, muß an ihm vorbei, der an der Bar sitzt und mich fixiert, um zu einem Bier zu kommen. Dann sitze ich wieder, überlege, ob ich ihn nicht ansprechen soll, als sich in meinem Kopf diese Geschichte zu bilden beginnt, was ich zu ihm sagen würde, dieses plötzliche Gefühl, auf jemanden zugegangen zu sein, eine Distanz durchbrochen, ein Spiel auf die Spitze getrieben zu haben, als ich aufwache und wieder auf die Tanzenden schaue, das Spiel langweilt mich schon, da steht er vor mir, fragt, ob ich nicht aufstehen will, »willst du dich nicht setzen?«, er setzt sich neben mich, wir tauschen Sätze aus, berühren uns dabei, lachen über einander, machen uns über den anderen lustig, ich nehme aber seine Hand, wie angenehm sie ist, um tanzen zu gehen, beide auf unserem Platz der Tanzfläche, bis ich zu tanzen aufhöre, sehe mich nach ihm um, er sitzt irgendwo, ich setze mich zu ihm, als würden wir uns schon lange kennen, ich drehe ihm seine Zigarette, er nimmt mich am Nakken, zieht mich zu sich, küßt mich, wir küssen uns, ich bin hin und weg von diesem Kuß. »Laut ist es hier, findest du nicht?«, er sagt, er will hinaus, ich sage, ich habe nichts an, mir wird kalt sein, und du solltest überhaupt nach Hause gehen, du bist zu betrunken, er sagt, hol deine Jacke, ich sehe ihm aufmerksam ins Gesicht, dann gehe ich die Treppe hinauf und hole meinen Kurzmantel von der Garderobe, gehe zu ihm, er nimmt meine Hand, und wir verlassen das Lokal.

In der angenehm kühlen Frühlingsnacht hören wir plötzlich die Stimme des anderen. Nach ein paar Schritten fällt ihm ein, daß er sein Fahrrad vergessen hat. »Muß ich denn mit dir zurückgehen?« »Dann bleibst du eben da.« Ich setze mich auf eine Holzbühne, vor mir der Kanal, lege mich auf den harten Boden der Tribüne, da höre ich eine Stimme neben mir, ich mache die Augen auf, irgendein Typ sagt mit besorgter Stimme, »wenn du dich schon hierher legst, dann solltest du wirklich heimgehen«, ich lächle ihn an, »ja, danke, ja, natürlich«, er ist wirklich besorgt, wir sind alle betrunken und von der Gefahr bedroht, in das dunkle Wasser nur wenige Meter entfernt zu fallen oder mit irgend jemandem mitzugehen, wobei man das unfreiwillige Mitgezerrtwerden mühsam vermeiden muß. Der andere Typ ist zurück, »schwing dich aufs Fahrrad«. »Bist du wahnsinnig? Du bist betrunken, du glaubst doch nicht im Ernst, daß ich hier jetzt mitfahre«, »setz dich schon«, und ich steige auf das Fahrrad, er beginnt zu treten, ich halte mich an ihm fest, wir düsen den dunklen Weg hinunter, links eine mit Graffiti beschmierte Wand, rechts das tiefe, dunkle Wasser, überall beginnt sich bereits das Grün zu zeigen, bis wir bei irgendeinem Haus landen, ein Plakat, das ich früher lange Zeit in meinem Zimmer hatte, hängt über dem Eingang zur Küche, sind in seinem Zimmer, er dreht Musik laut auf, zieht sich aus, ich ziehe mich aus, wir sind im Bett, küssen, streicheln, tauschen dazwischen immer wieder kurze Sätze aus, wenn wir uns küssen, brauchen wir uns nicht zu verstehen, aber wenn er etwas sagt, hat das auf unbestimmte Weise Sinn und Leichtigkeit, er dringt in mich ein, sagt, es fällt ihm schwer, mit Frauen zu schlafen, die er überhaupt nicht kennt, sagt, du bist ja so ruhig, dann ist nichts, wir liegen im Bett, er muß morgen zur Arbeit, sagt, ich soll ihn aufwecken, wenn ich den Wecker hören sollte, er umarmt mich, ich lege meine Hand in seine, »bist du gar nicht müde?« fragt er mich, »nein, um diese Zeit rede ich dann immer sehr viel«, es sind noch zwei Stunden bis zur gestellten Weckzeit, ich kann nicht wirklich schlafen, weil ich immer diese Zeit im Kopf habe, höre den Wecker, versuche ihn aufzuwecken, doch er brummelt nur irgend etwas, versuche es noch einmal, sinnlos, dann schlafe ich wirklich ein, wundere mich ein wenig über das In-den-Armen-Schlafen, wir sind schließlich kein Liebespaar, und rücke nicht mehr zu ihm, überlege mir, als ich kurz aufwache, einfach zu gehen, und bleibe, weil ich wissen möchte, wie das Aufwachen abläuft, ich bleibe, und als ich seinen Arm um mich spüre, kuschele ich mich wieder enger an ihn.

Wem ich diese Geschichte erzähle, weiß ich nicht. Die Leute wollen doch nur Liebesgeschichten hören, und das ist keine Liebesgeschichte, es ist die Beschreibung eines ganz normalen One-Night-Stand, Befriedigung des hin und wieder auftretenden Verlangens, mit jemandem ins Bett zu gehen, sich berühren und penetrieren zu lassen oder beides selbst durchzuführen, das Eintauchen in eine andere Welt. Es ist, um genau zu werden, die Geschichte des Auftretens von Sehnsucht in einem Leben, das die Sehnsucht weit hinter sich gelassen hat, damals, damals ...

Als er aufwacht, bin auch ich sofort wach. Er springt aus dem Bett, schreit, Scheiße, Scheiße, ich habe den beschissenen Wecker nicht gehört, es ist schon viel zu spät. Er zieht sich an, ich schaue ihn an, dann beginne ich zu begreifen, daß ich nackt bin und schäme mich plötzlich ein wenig. Ich suche unter der Decke meine Unterwäsche, warum nur bin ich völlig nackt? Meinen BH finde ich und ziehe ihn mir unter der Decke an, meine Unterhose sehe ich erst, als ich mich aufrichte, am Boden zu Füßen des anderen Endes des Bettes liegen, so daß ich notgedrungen aufstehen muß, bis ich sie mir hastig hinaufziehen kann, um meine Blöße zu bedecken. Ich stehe auf, er läuft irgendwo herum, ich ziehe mich vollständig an, auch meinen Mantel, hänge mir meine Tasche um und warte darauf, daß er fertig ist, so daß wir gehen können. Er aber kommt zu mir, nimmt mich, setzt mich auf das Fenster und küßt mich. Dann sagt er, jetzt brauche ich eigentlich nicht mehr zur Arbeit gehen. Ich sage, gut, dann bekomme ich vielleicht wenigstens noch einen Kaffee und eine Zigarette. Wir gehen in die Küche, ich bin noch immer im Mantel und mit Tasche, er stellt Kaffee auf und sucht nach Zigaretten, nach Papers, nach Tabak, aber findet nichts. »Warum haben wir eigentlich nicht gefickt heute nacht?« »Warum hätten wir ficken sollen?« »Verdammt, ich will ficken.« Wir trinken starken Kaffee. Milch ist keine da. Er überlegt, was er wegen der Arbeit machen soll, Entschuldigung und so, und meint schließlich, ich solle anrufen und sagen, er habe einen Unfall gehabt. »Dafür brauche ich eine Zigarette. Vielleicht fährst du einfach und holst welche?« Das macht er schließlich. Ich esse ein Stück vom Osterkuchen und sehe im Badezimmer in den Spiegel. Er kommt zurück, wir trinken noch einen Kaffee, rauchen eine Zigarette. Ich rufe in seiner Firma an, bin ein bißchen verwirrt, weil nicht alles so abläuft, wie wir das besprochen haben, komme aufgeregt in die Küche zurück und sprudele los, als wäre dieser jenige hier ein Freund, aber er will bloß Informationen, ist schließlich erleichtert und raucht einen Joint. Er zieht mich zu sich hin, ich lege meine Beine um seine Hüften, dann beuge ich mich zurück, er sagt, »testen wir einmal, wie gut deine Bauchmuskeln sind«, »gut sind sie« antworte ich, er nimmt mich und trägt mich ins Zimmer, wir fallen aufs Bett.

Und dann küssen wir uns, riechen an dem Fläschchen, Poppers nennt sich das Ding, und immer wieder, dauernd diese CD, ich höre nicht zu, ich bin vollkommen entfernt von ihm, er liegt einfach da, wir gehen ins Bad, legen uns in die Badewanne, und ich sage in fragendem Ton, »ich habe das Gefühl, du magst mich nicht«, und er sagt, »ich liege immer in der Badewanne mit Menschen, die ich nicht mag« – mehr werde ich nicht zu hören bekommen.

Gerade eben, jetzt, in diesem Moment, ist die Zigarette vom Aschenbecher verschwunden gewesen, und einen Moment lang war ich vollkommen perplex, meine ganze Welt aufgelöst, bis ich auf den Boden sah, vergingen scheinbar Minuten, aber da lag sie, mußte sie noch einmal anzünden, sie lag dort, aber ich hatte es nicht verstanden. Und gerade eben, noch gar nicht lange her, hielt ich diese Hand, die ich lange, immer wieder gehalten habe.

Ich will eine Liebesgeschichte erzählen, aber Liebe gibt es nicht, wird es nie geben, hat es nie gegeben, diese Hand, wie gut ich sie kenne, und höre doch jetzt, mitten in der Nacht, laut diese CD, aber meine Zigarette ist verschwunden gewesen und für einen Moment meine Welt zusammengebrochen. Kennt jemand diese Hand? Und wenn. Ich kenne sie ganz anders, nicht meine Hand, aber so wie ich sie kenne ... Ich wollte ihn verführen, aber ich bin wohl nicht weit genug gegangen, beugte mich nur zu ihm, küßte ihn auf den Hals und auf die Wange, meine Lippen mit seiner Haut zusammengepreßt, »wow«, und küßte weiter, aber seinen Mund bekam ich nicht, als wäre das wichtig, wichtig ist, daß ich nur noch eine Zigarette habe und heute sicher nicht mehr zum Automaten gehe, schon allein deswegen, weil ich kein Kleingeld habe, wenn ich überhaupt Geld habe. Alkohol, trinken, in Lokale gehen, um den Typen dieser einen Nacht zu sehen, seine Reaktion, wenn er mich sieht, nur das, ich bin sexy, an dem Abend war ich häßlich, aber sieh mich jetzt an, und heute war da diese Haut, wie bekannt, und meine Hand nahm er, weil auch er sich nach diesem

Vertrauten sehnt, obwohl er doch eine Freundin hat, sich doch gar nicht nach anderem sehnen kann, nach dieser Zeit der Unschuld, als wir beide nicht mehr unschuldig waren, aber wir in uns, mit uns, was war das für eine Zeit?, wir wollen vergessen, aber ganz kannst du nie vergessen, plötzlich wußte ich wieder, wer ich war, B. hatte vollkommen unrecht, als er sagte, man könnte sich verlieren, mein Gott, wir haben uns schon lange verloren, und wenn schon, wir leben, um zu leben, und es ist alles egal, alles, weil ich dich verloren habe, schon lange vorher, irgendwann dazwischen, weiß man denn, wann es soweit ist, aber wir standen noch zusammen am frischen Grab meiner Mutter, und deine Hand war das einzige, was mich davon abhielt, zusammenzubrechen, am ganzen Leib zitterte ich, in dieses braune, tiefe Loch ließen sie sie hinab, aber deine Hand hielt mich die ganze Zeit über, und obwohl ich wußte, und auch, daß ich es durchziehen würde, daß wir uns trennen würden, als Liebespaar auseinandergehen müßten, war es deine Hand, nur deine ... Heute war ich wieder in dieser Stadt, in der ich aufgewachsen bin, mein Bruder bekam ein Verdienstzeichen verliehen, mein Vater, lang von der Familie getrennt, stand neben mir, und ich wünschte mir, ganz plötzlich, wer versteht schon, niemand, niemand hat es uns jemals gesagt, weil es niemand wußte, wissen konnte, wann man plötzlich jemanden vermißt, Sehnsucht empfindet, daß sie neben mir steht, ich spürte ihren Körper neben mir, und ich würde mich einhaken, ihren Arm nehmen, und wir würden beide lästern über das, was hier gesagt wurde, obwohl sie in dieser Gesellschaft, in dieser Stadt lebte, sie auch respektierte, ich hörte ein Donnern, es war nur der Wind im Mikrofon, Wolken zogen auf am Himmel, die Sonne war verschwunden, aber ich spürte, wie du da neben mir standst, deine Wärme, deinen Körper, der niemals wieder in dieser Welt sein würde, ja, ich erinnere mich daran, erinnere mich, in alle Ewigkeit ...

Wir lagen auf dem Bett und schmusten, bis er anfing, über das Bad zu sprechen, eine Dusche wäre nicht schlecht, aber meinte, daß Sex in der Badewanne schlecht sei. Ich sagte, nein, nicht immer, kommt darauf an. Er ließ das Bad ein, wir zogen uns aus, er sagte »schau nicht«, und ich erwähnte diesen Film, in dem ein 30jähriger Typ noch nie eine Freundin hatte, sondern immer nur für eine aus der Schule schwärmt, von der er seinen Eltern, die sich einen Dreck für ihn interessieren, nur Baseball, Baseball, erzählt, er sei mit ihr verheiratet, und dann entführt er dieses Mädchen, und sie kommen schließlich zu diesem Motelzimmer, und er sagt im Bad, schau nicht her, und ich sage, »das ist wie im Film, wie in diesem Film, kannst du dich an diese Szene erinnern«, und er kann, allein deswegen würde ich mit ihm in diese Badewanne steigen, ich gehe in BH und Unterhose ins Bad, und dann sitzen wir da und schauen uns aus weiter Ferne an, seine Blicke verstehe ich nicht, aber ich brauche sie auch nicht zu verstehen, mir gefällt, was ich sehe, dieser Körper, diese Bewegungen und diese kurzen, hingeworfenen Bemerkungen. Er sagt, er muß sich rasieren, ich sage, ich kann dich rasieren, ich rasiere gerne Männer, er spricht über Geschnittenwerden, ich sage, hat dich schon jemals eine Frau geschnitten, er sagt, mich hat noch nie eine Frau rasiert; natürlich, er sagt dies mit einer seltsam harten Selbstverständlichkeit, die durch den Ton ihre Selbstverständlichkeit verliert. Wir wechseln unsere Positionen, ich liege zwischen seinen Beinen, wie seltsam es ihm vorgekommen war, daß er meinen Namen nach dem Aufwachen nicht mehr wußte, dabei erinnerte er sich an ihn, an die Abkürzung, mein Gott, ist das wichtig, liegt mit einem Mädchen im Bett, dessen Name er nicht weiß, als würde ihm dieser Name, den er erst irgendwann im Bett in der Nacht erfahren hat, irgend etwas über mich sagen, nichts weißt du von mir und wirst auch nie etwas erfahren, nie.

Als wir aus der Wanne stiegen, konnte ich nicht nackt ins Zimmer hinübergehen. Ich zog wieder meinen BH und meine Unterhose an und er einen weißen, weichen Bademantel. Auf dem Bett sprach er über Eincremen, und ich sagte, ich kann dich eincremen und holte die Lotion, lästerte über die Marke, hörte dafür etwas über die Werbung meiner Marke, sagte, »ich sehe keine Werbung«, »du bist wohl so eine Intellektuelle, die nie fernsieht?« Natürlich bin ich das. Und wenn ich es nicht wäre,

wäre ich es auch. Er lag auf dem Bett, sein Bademantel war geöffnet, er versuchte, mir etwas zu erzählen, erzählte es auch, aber ich reagierte nicht, schlecht erzählt, sagte er. Er drehte sich auf den Bauch, und ich schmierte auch den Rücken ein.

Und wieder küßten wir uns, schnüffelten und sahen einander an, ohne daß sich unsere Blicke trafen. Er versuchte, mich auf sich zu zerren, doch ich wehrte mich, bis ich nachgab. Du verführst mich, sagte er, du liegst auf mir. Ich sagte nein, nicht ich verführe dich, versuchte mich auf das Bett fallen zu lassen, aber diesmal war er stärker. Und dann war da dieser Schwanz, aber diesmal war ich nüchtern und sprach über Kondome, und er sagte, ja, als vernünftige Menschen, du hast ja recht, aber da spüre ich nichts, sein Schwanz berührte meine Scheide, rieb an ihr, machte sie naß, ich lag auf ihm, immer wieder fuhr der Schwanz über meine Scheide, fuhr drüber, er hatte in der Zwischenzeit ein Kondom geholt, es lag neben uns, wir spielten ein Spiel, und irgendwann öffnete er kurz entschlossen das Kondom, streifte es sich über, sagte, rot, wie interessant, wir betrachteten beide den erigierten Schwanz mit dem roten, ins Rosarote übergehenden Kondom, und dann drang er in mich ein, bewegte sich ein wenig, ich streichelte ihn ein wenig, dann kam er, ohne daß dies irgendwelche zusätzlichen Bewegungen oder Geräusche ausgelöst hätte. Er rückte ein wenig von mir weg, genau so, wie ich es getan hätte, aber daran dachte ich nicht, sondern blieb nur liegen. Im Gegensatz zu dir bin ich gekommen, sagte er, dort am anderen Ende des Bettes, sah irgendwohin, bis ich zu ihm kam, mich an ihn kuschelte, er mich umarmte, nur kurz lagen wir so, dann stand er auf, begann sich anzuziehen, auch ich zog mich an, alles getragen von einer unverständlichen Selbstverständlichkeit. Dazwischen läutete das Telefon, schaltete sich der Anrufbeantworter ein, hämmerte es an der Tür, als wir an zwei verschiedenen Enden des Bettes lagen, aber er sagte, es sei nichts Wichtiges und hatte dabei einen Gesichtsausdruck, nur kurze Zeit nach dem Orgasmus, als hätte ihn ein Engel besucht, und er wisse nichts mehr, als hätte sich sein Leben vor ihm in aller Klarheit ausgebreitet, aber mit mir hatte das alles nichts zu tun, nur der Blick, weit entfernt, als ich zu ihm über das Bett kroch, als ob ... Wir zogen uns an, er sprach darüber, daß er es satt habe, mit Millionenbeträgen zu hantieren, ohne selbst welche zu haben, in derselben alltäglichen Stimme sagte ich, aber wozu brauchst du denn soviel Geld?, wir waren angezogen, er trug, weil er bei einem Umzug helfen sollte, Jeans und ein abgefucktes schwarzes T-Shirt mit irgendeinem bescheuerten Aufdruck, wenn du so aussiehst, kommt es mir vor, als würde ich dich von der Uni her kennen, sagte ich, als er sein Fahrrad schon gepackt hatte, er sagte, das gibt es nicht, ich bin schon lange nicht mehr auf der Uni, distanziert, so daß ich mich bemüßigt fühlte, nacheilend, richtigzustellen, ich auch nicht; vorher, das dachte ich mir nur, hast du mich an alles

Leichte erinnert, und dich einfach so akzeptiert, wie du warst, du brauchst das nicht zu verstehen, gar nicht zu wissen, es ist nicht wichtig, hatten wir uns angezogen, er drückte mir einen Zettel mit seiner Telefonnummer in die Hand, sagte, schreib deine auf, ich sagte, Scheiße, ich kann mich an meine Telefonnummer nicht mehr erinnern, er sagte, wie kann man sich an seine Telefonnummer nicht mehr erinnern?, ich wollte mich verteidigen, mein Kopf war vollkommen leer, aber tat es nicht, sondern sagte nur einen Satz über die Symmetrie meiner Telefonnummer, er beachtete es kaum, ich mußte etwas sagen wie, du siehst die Schönheit nicht, er sagte, vielleicht. Wir waren fertig miteinander, ich hätte ihn nicht nach seiner Telefonnummer gefragt. Vor dem Haus drückte er mir ein Bussi auf den Mund, sagte, so siehst du also aus, worauf ich nur dachte, so sehe ich überhaupt nicht aus, er radelte davon, ich suchte die Straßenbahn in meine Richtung und fuhr nach Hause, um am Abend weiterzusaufen und über Sex zu dritt oder mit irgendeinem Stefan in irgendeiner Küche irgendwo in Wien zu reden.

Versteht irgend jemand die Zeit dazwischen? Das Liegen auf dem Bett, das Rauchen einer Zigarette nach der anderen, viel, viel Kaffee und dann wieder hinaus in das aufregende Großstadtleben, das wir uns zu eigen gemacht haben, das uns zu eigen macht. Das Lesen von Wörtern, das Stehen in irgendwelchen Geschäften, das mühsame Zusammenklauben von Buchstaben, das Hineinsaugen von Wörtern, gelesene Zeitungen, gesehene Filme, getroffene Menschen, und immer wieder, immer wieder dieser eine Gedanke, wenn es nicht mehr weitergeht, in diesem ewigen Weiterlaufen, ja ich laufe, ich bewege mich nicht langsam, sondern laufe, und selbst wenn ich in den Himmel starre, bewegen sich meine Füße in einer bahnbrechenden Geschwindigkeit, die ich nicht kontrollieren kann, nicht kontrollieren will, schreitet der Tag vorwärts, die Stunden vergehen, kommt die Nacht, fällt über einen, und nur selten, wenn wirklich alles schlafen darf, erwische ich ein Zipfelchen, aber lasse dann wieder los, im Alkoholrausch, in dem alles möglich und alles erlaubt ist, nehme ich die Hand und führe sie zu meiner Scheide, lasse sie mir naß machen, bis die Wärme auch den ganzen Körper überrollt, und wenn ich dann zu dir kommen möchte, dann nur, weil du ein Wort gesagt hast, nur ein Wort und über etwas nicht gelacht hast, das lächerlich scheinen mag, oder weil du meine Hand so genommen hast, daß mein bisheriges Leben schwankt, in die Knie geht, und ich einfach aufstehe, um mitzukommen und mich dann trotzdem wundere, daß diese Hand meine einhüllt, während wir schlafen. Nur selten vermisse ich die atmende Anwesenheit eines anderen neben mir in der Dunkelheit der Nacht, doch diesen Körper wünschte ich mir plötzlich in der Nacht darauf neben mich. Es fehlte etwas. Aber ich weiß ja, daß immer etwas fehlen wird. Das ist der einzige Satz, der mir einfällt, der aus einer Liebesgeschichte stammen könnte, die sich vor Jahren ereignet hat. Aber wie das mit den Jahren ist, habe ich, glaube ich, schon erwähnt.

Auf samtenen Pfoten

Ich war mit meinem Adventkalender und voller Geschichten nach Hause gekommen, mit denen ich W. sofort überhäufte, erzählte und erzählte, so daß er mir schließlich den Computer aus der Hand nahm, um das zu erledigen, wovon ich sprach. Mein Kopf war müde und überdreht, ich kochte Spaghetti, die ich mit rotem Kaviar und Parmesan barbarisch aß, dann trank ich Kaffee und rauchte Zigaretten, während W. das Ausdrucken meiner Arbeit überwachte und mich in meinem übernächtigen Glück ließ, das Bilder von der gestrigen Nacht enthielt, in der die Straßen Wiens neblig gewesen waren, Favoriten zog sich. R. drückte einen Knopf, und im dunklen Zimmer begannen Lichter hinter kleinen, zusammengestellten Holzkästchen zu leuchten und Billie Holiday über die Liebe zu singen. Unter dem Sessel vor dem Fenster stand ein aus Beton gegossener kleiner Tisch, die Sessellehnen durchbrachen die Tischfläche und bildeten ein bedrohliches Viereck, doch dieser Tisch war weit weg, und ich sah – auf dem Bett sitzend, in die warme Decke gehüllt, weil der Ofen noch zuwenig geheizt hatte – nur die blinkenden Lichter der Party vor mir. Die Müdigkeit war aus meinem Kopf nicht wegzubringen, die Nacht über hatte ich nicht viel geschlafen, am Vormittag wäre ich fast zu spät bei meinem Professor erschienen, und erst am frühen Nachmittag war ich bereit, mich wieder hinzulegen, wissend, daß ich erst im dunklen Zimmer wieder aufwachen würde, die Geräusche der Wohnung am späten Nachmittag hörend, fast als hätte ich nicht geschlafen, doch ich schlief, als mich der Wecker ins dunkle Zimmer hineinriß.

Ich machte Licht, bereit, weiterzumachen mit diesem Tag. W. hatte schon D., der ebenfalls in dieser Wohnung wohnte, darüber informiert, daß er von meiner Arbeit doch bitteschön einen Teil Korrektur lesen sollte, ich brauchte nur mehr zu duschen, und dann war ich schon wieder weg, verabredet zum Essen. Dieser Abend war mild, und ein warmer Wind bewegte alles, was sich in ihm tummelte. Wir gingen in ein koreanisches Restaurant, ganz in der Nähe von seiner Wohnung, bestellten, aßen Kleinigkeiten, und ich erzählte über R. und über die Arbeit und über den Tag, und sah ihn an, hin und wieder trafen sich unsere Blicke, bemerkte seine kleinen Fältchen unter den Augen. Er erzählte von seinem Auto und der Reise nach England, von dem großen Haus, in dem er und seine jetzige Freundin gelebt hätten, vom Autostoppen und einer Party, bei der sie zufällig gelandet seien, und erzählte, erzählte ohne jeglichen Enthusiasmus, müde war seine Stimme, müde war sein Körper, unzufrieden seine Worte, aber ich war so glücklich, daß ich nichts dagegen sagen mußte, sondern strahlen konnte, strahlen, weil mir nach strahlen war, und dann sagte ich plötzlich diesen Satz, als wäre es mir plötzlich eingefallen und wäre mir plötzlich eingefallen, daß auch er sie gekannt hatte, daß auch er damals in diesem Leben eine Rolle gespielt hatte, sagte, »Vicky ist gestorben«. Er verstand mich nicht sofort. »Vicky ist gestorben.« Plötzlich war es still. Das kleine sympathische Restaurant, das aussah, als wäre es in Amerika, verstummte mit uns. »Es ist seltsam, es ist wirklich seltsam ...« Nicht einmal die Koreaner am Nebentisch sagten etwas. »Wie sich alles weiterbewegt, wie alles weiterläuft. Ich kann mich noch an deine Mutter erinnern, ich sehe sie vor mir, wie sie am Tisch sitzt, wie sie die Tür aufmacht.« Ich sage nichts, plötzlich möchte ich weinen, ich höre nur zu und denke daran, daß ich Vicky nicht mehr sehen werde, daß ich zu ihr nicht einmal mehr Ciao sagen konnte, daß ich nicht dabei war, wie sie starb, daß sie einfach weg ist, da drüben, irgendwo da drüben. »Wann ist der Todestag?« Ein wenig verständnislos sehe ich ihn an. »Von deiner Mutter, nicht von der Vicky.« »30.« Und dann ergänzend, weil ich weiß, wie schwer er sich mit Daten tut. »30. Dezember.« »Was haben wir zu Silvester gemacht?« Wieder stocke ich ein wenig. Ich weiß nicht genau, welchen Silvester er meint. Ich weiß nicht genau, wen er mit wir meint. Vorher noch war wir immer er und seine Freundin, aber dieses wir jetzt meinte anderes, es meinte ihn und mich, uns, wir. »Was haben wir gemacht zu Silvester?« »Am Tag danach, meinst du?« »Ja.« »Wir haben ferngesehen, und um elf hast du dich schlafen gelegt«, und ich war allein und stand am Balkon und sah zu, wie über dem Prater Leuchtraketen in die Luft geschossen wurden, sah dem Himmel beim Strahlen zu, hörte das Knallen der Korken und der Bomben, ich war allein, du hast ... »Wie das alles nicht mehr sein kann. Wie lange es her ist. Manchmal frage ich mich, wozu dieses ganze Weitertreiben führt, dieses Treiben, was ...«, sagt er, und ich höre zu, an Vicky, an meine Mutter denkend, ich sehe ihn an und weiß, warum ich ihm zugehört habe, damals. Kaffee gibt es in diesem Restaurant nicht, also zahlt er, steckt mir einen Tausendschillingschein zu, und wir gehen in das Kaffeehaus am Ende der Praterstraße, wo wir immer wieder saßen, meistens im Sommer. Ich hake mich bei ihm ein, spüre, daß ihm diese Berührung angenehm ist. Jetzt beginnt er zu reden, und manchmal, manchmal da lacht er sogar, und ich sehe ein Glitzern in seinen Augen. In dem Kaffeehaus sitzen nur drei weitere Gäste, jeder alleine an einem Tisch. Der Raum ist hoch und schön, doch der überall anwesende Firlefanz bewirkt, daß es wie in einem Gemischtwarenladen aussieht. Ich trinke eine Melange, er einen großen Braunen, erzählt über seine Arbeit, über den Plan, eine eigene Firma zu gründen, doch B., seine Freundin, sei dagegen, erzählt über S., einen Freund, den auch ich kenne, erzählt über Staus und alte

Autos und darüber, daß er seine ganze Wohnumgebung kennt und daß er einem Taxifahrer eine Matroschka aus St. Petersburg mitgebracht habe, über die dieser sich sehr gefreut habe. Als im Radio Bryan Adams singt, fällt ihm das Konzert wieder ein, und B. sei so begeistert gewesen, doch die ganze Band war in Weiß, und dieses »I remember everything, I remember you«, das er mir jetzt in Schnulzstimme vorsingt, wie fünf Irre, die aus der Anstalt entflohen seien, doch B. habe gesagt, aber was willst du denn, was beschwerst du dich denn, er ist berühmt, er hat Erfolg, Frauen verlieren wegen ihm den Verstand. Und gestern, da sei er ins Schleudern gekommen, weil im Radio Pearl Jam gespielt haben, und im Auto sei es so warm gewesen, und er habe sich einfach gut gefühlt und deswegen gebremst, anstatt einen anderen Gang einzulegen, und plötzlich seien die Landschaften an seinem Auge vorbeigeflogen, er habe sich vorstellen können, warum sich Leute vor Angst anscheißen, weil sich der ganze Körper entspanne, und plötzlich sei wieder die Straße vor ihm gewesen, wildes Glück, verdammt wildes Glück. »Ich muß jetzt langsam gehen. Ich habe heute noch sehr viel zu erledigen«, sage ich, was sonst immer von ihm kommt. »Du kannst bei mir schlafen.« »Ich kann wirklich nicht.« »Ich habe keinen Kaffee zu Hause. Glaubst du, verkaufen sie den Kaffee?«, und er zeigt auf eine rote Packung, die in der Auslage steht. »Sicher, aber zu welchem Preis?« Schließlich zahlt er 103 Schilling für meine Melange, seinen Großen Braunen, ein Viertelkilo Kaffee, eine Kandisindose und ein paar kleine Becher mit kondensierter Milch. Und irgendwie sind wir wohl glücklich, als wir das Kaffeehaus verlassen. Der Wind ist immer noch warm. Wir gehen gemeinsam vor zur Ecke, an der sich unsere Wege trennen. Wir sind an der Ecke angelangt. Wir küssen uns auf die Wange, drei Küsse insgesamt, warm sind unsere Wangen, warm und weich. »Ruf mich an.« »Paß auf dich auf.« Noch ein kurzes Streicheln des Armes, dann gehe ich zur U-Bahn und er die paar Schritte zu seiner Wohnung.

In klares Licht sind meine paar Schritte von der U-Bahn-Station zur Wohnung getaucht. Die Autos fahren vorüber, die Bäume sind schwarz und die Lichter weiß, gelb, blau, grün. Es ist der 1. Dezember im alten Jahrtausend, ein warmer Wind bläst mir durch die Haare, doch die Tatsache, daß Winter ist, wird von der Milde in ihren Farben besiegt. Sie sind stark, sie sind unvergeßlich, wenn ich fotografieren könnte oder einen Fotoapparat hätte, der dieses Bild aufnehmen könnte, würde ich es tun, und es wären Autos in einer dunklen, milden Winternacht zu sehen, und Bäume, und der Zaun, der die Häuser vom Gehsteig trennt, und der Anfang der Straße, in die ich gleich einbiegen werde. Wenn Vicky mir jetzt entgegenliefe, würde ich mich nur wundern.

Vertreibung aus dem Paradies

Diese Nacht träumte ich, ich sei das erste weibliche Wesen dieser Welt. Ich, die erste Frau, und das männliche Wesen an meiner Seite, der erste Mann, wohnten auf einer Insel mitten im Meer, und trotzdem lag die Idee einer Zivilisation schon in der Luft.

Wir lagen am Sandstrand und ließen uns die Sonne auf unsere Körper scheinen. Vögel sangen in den Palmen, und die Affen unterhielten sich darüber, welche Bananenpalme am einfachsten zu erklettern sei. Das Meer war von einem Blau, das es später nie wieder geben sollte, und so klar, daß man den Grund auch an metertiefen Stellen noch sehen konnte. Im Meer schwimmend konnte man all die Tiere, die sich im Wasser bewegten und mit den Sonnenstrahlen spielten, beobachten.

Der Mann, mit dem ich mein Leben verbrachte, hatte einen muskulösen Körper, sein Gesicht war weich und sanft, seine Augen waren braun, und sein Mund war rot. Da er der einzige Mann war, den ich in meinem Leben gesehen hatte, fand ich ihn wunderschön.

Oft lagen wir an diesem Strand, am Abend fielen wir dort manchmal in einen tiefen Schlaf, um am

Morgen von der brennend heißen Sonne geweckt zu werden. Dann suchten wir uns Früchte und brühten auf geschwind zusammengesuchten Holzscheiten Kaffee in Kokosnußschalen. Es war noch gar nicht lange her, daß wir die Bohnen entdeckt hatten, aus denen man dieses köstliche Getränk zubereiten konnte. An jenem Tag veranstalteten wir ein kleines Fest, bei dem wir tanzten und so laut sangen, daß sich die Affen beschweren kamen, weil sie nicht schlafen konnten. Wir waren im Paradies, das Wort »Liebe« kannten wir noch nicht, weil wir es noch nicht gebraucht hatten.

Eines Tages aber, an dem wir wieder in der Sonne lagen und in den wolkenlosen Himmel schauten, griff der Mann plötzlich nach meiner Hand. Ich war überrascht, weil er das noch nie getan hatte und ich nicht verstehen konnte, was diese Berührung bedeuten sollte. Die Wärme seiner Hand war ungewöhnlich; bis zu diesem Moment hatte mich die Sonne gewärmt. Er begann langsam mit seinen Fingern über meinen Handrücken zu streichen. Die Verwunderung wurde größer, weil in mir eine andere Wärme zu entstehen begann, die sich von der bisher gekannten unterschied. Wir blickten einander nicht an, sondern hatten unsere Gesichter noch immer gegen den Himmel gerichtet. Ich hätte ihn aber gerne gefragt, wie er auf die Idee dieser Berührung gekommen war. Er bewegte seine Finger meinen Unterarm entlang, strich über meinen Ellbogen und dann weiter über meinen Oberarm. Ich wunderte mich mehr und mehr, auch darüber, daß sich in mir fremde Wörter zu bilden versuchten. Schließlich richtete ich mich auf, um ihn anzusehen, aber seine Augen waren geschlossen, und sein Mund war so weich und sanft, wie ich ihn kannte. Also schloß auch ich meine Augen. Die Hitze rund um mich verschwand in dem Augenblick, als seine Hand meinen Hals erreichte, mir wurde kalt, aber auch diese Kälte kannte ich nicht, sie hatte keine Ähnlichkeit mit der Kälte, vor der wir uns in manchen Nächten schützen mußten.

Ich wollte, daß er seine Hand wieder wegzog, weil ich spürte, daß sich die mir bekannte Welt aufzulösen begann, so daß ich Angst bekam, verrückt zu werden, aber ich schwieg. Seine Finger erreichten mein Gesicht, er strich über meine Wangen, dann über meinen Mund, der sich, ohne daß ich es wollte, öffnete, mit den Fingerspitzen tastete er meine Lippen nach. Dieser Hand war ich vollkommen ausgeliefert, ich hatte vergessen, wo ich war, denn ich hätte überall sein können, ich hatte die Zeit vergessen, denn es hätte jederzeit sein können, ich spürte nur diesen Wahnsinn in und an mir, den ich nicht wollte, aber dessen Ursache ich nicht beenden konnte.

Schließlich zog er seine Hand zurück, und wir lagen beide wie zuvor.

Die Hitze kam langsam wieder, ich öffnete meine Augen und sah den blauen, wolkenlosen Himmel. Als ich in die Sonne schaute, blendete mich das gleißende Weiß, aber die darauf folgende Blindheit kannte ich, das war schon immer so gewesen.

Er beugte sich über mich und sah mir in die Augen, ich aber ertrug diesen Blick nicht, vermochte ihn nicht wie sonst anzulächeln und schloß meine Lider. Etwas Weiches, Feuchtes spürte ich auf meinen Wangen, und als ich die Augen aufmachte, sah ich, daß er mich mit seinen Lippen berührte, die er ein wenig geöffnet hatte, sie strichen über mein Gesicht, bis sie meine Lippen erreichten – da schloß ich die Augen wieder, und ich spürte die Feuchtigkeit seines Mundes, die Rillen und das sanfte Fleisch seiner Lippen, auf deren ungewohnten Druck sich meine wie von selbst öffneten. Nichts von dem paradiesischen Leben, das wir bis dahin geführt hatten, zählte mehr, wichtig war nur mehr dieser weiche, feuchte, geheimnisvolle Mund, wichtig war nur mehr dieses Gefühl, ihn bis jetzt nicht gekannt zu haben, und diese alles überschwemmende Verrücktheit. Als er seine Zunge in meinen Mund schob, war alles, wofür ich bis dahin gelebt hatte, verloren. Auch meine Zunge begann sich zu bewegen, irgendwie trafen sich unsere Zungen, das Fleisch im Mund war noch zarter, sein Speichel umhüllte meine Zunge, mit der ich bisher nur die Nahrung von einem Mundwinkel in den anderen befördert und Wörter gebildet hatte. Ich spürte einen harten Gegenstand zwischen meinen Beinen, ohne zu verstehen, was das sein konnte. Er legte sich auf mich, ich aber fühlte seine Schwere nicht, sondern schämte mich nur ein wenig der Feuchtigkeit, die meinen ganzen Schoß überschwemmt hatte, bis ich etwas eindringen spürte, kurz aufschrie, und dann in diesen wenigen Momenten, als sich alles bewegte, und er und ich dazu, nichts mehr wußte, bis sich dieser alles mitreißende Strom in mir entlud und ich wieder friedlich atmen und liegen konnte, aber nur wenige Sekunden, denn dann spürte ich einen Schauer durch ihn gehen, Meereswellen in beiden Körpern, und das Harte in meiner Scheide verschwand. Er blieb auf mir liegen, wir sagten nichts, aus meinem Schoß schlüpfte etwas, von dem ich schließlich verstand, daß es sein Glied war. Wir versuchten uns anzusehen, doch unsere Blicke trafen sich nicht, trafen sich nicht; ich wachte auf, schweißgebadet, wußte nicht, ob es der Schweiß der Lust oder der des Schreckens war.

Ich fühlte noch die Zunge in meinem Mund, noch die Schwere auf meinem Körper, als ich wieder einschlief.

Nach diesem Zwischenfall waren wir auf unserer Insel nicht mehr glücklich. Es kümmerten uns weder die Affen noch der Kaffee, wir wollten nicht mehr kochen, und unsere Hütte verkam. Wir begannen über alle möglichen komischen Dinge zu sprechen, was wir fühlten, was wir wollten, wie wir uns Glück vorstellten, was uns am anderen gefiel und was nicht. Wir saßen stundenlang am Strand und sprachen über nichts anderes, und dann wiederholten wir dieses Spiel, das er mir beigebracht hatte, ich wollte nichts anderes mehr, ich wollte ewig mit ihm zusammensein und spürte doch immer diesen Stachel in meiner Brust. Wenn er nur kurz weg war, Holz sammeln, Früchte klauben, fischen, und ich nicht mitging, weil ich etwas anderes tun sollte, spürte ich einen Schmerz in mir, den ich bis dahin nicht gekannt hatte. Ich kam nie dazu, das zu tun, was ich tun hätte sollen, und ihm ging es genauso. Das Schlimmste aber war …

Der Wecker hatte gesiegt, ich brachte meine Augen nicht mehr dazu, geschlossen zu bleiben, was, was war das Schlimmste? Als ich mich mühsam aus dem Bett zerrte, fühlte ich in mir plötzlich eine vollkommene Einsamkeit, die nicht verging, während ich mich duschte, nicht, während ich mich schminkte, nicht, während ich Kaffee trank und Buttertoast aß, und auch nicht, als ich meinem noch schlafenden Freund zum Abschied einen kurzen Kuß auf die Lippen drückte.

Bernhard und ich waren in Portugal

Ich hatte ihn seit einem Jahr nicht mehr gesehen, hatte die Stadt gemieden, in der er wohnte, hatte seine Telefonnummer nicht mehr gewählt, wenn ich sie auch noch nicht ausgestrichen hatte. Es war noch nicht wirklich vorbei gewesen, nur hatte der andere Teil des Lebens – der, in dem es weiterkommen hieß – Zugeständnisse verlangt, die ich ihm gegeben hatte. Entweder ich blieb in seiner Stadt mit einer ungewissen Zukunft und mit der Möglichkeit, diesen Schritt irgendwann, vielleicht schon bald, zu bereuen, oder ich ging zurück in meine Stadt, um dort weiter an meinem Lebenslauf zu basteln. »Nützlichkeit« und »Bequemlichkeit« waren die Wörter, die er dafür verwendet hätte, hätte ich ihm noch einmal zugehört.

Nun war ich in diese Stadt zurückgekommen, wußte sofort, wo er zu finden war, eilte die steile, lange Treppe in dem dunklen Stiegenhaus hinauf und öffnete sofort die Tür, ohne anzuklopfen. Die kleine, dunkle Stube, die die Tür freigab, betrat ich schnell, so als müßte ich mich beeilen, seiner Weigerung, mich zu sehen, mit mir zu sprechen, zuvorzukommen. Er saß auf einem Bett mitten im Zimmer, sein Gesicht dem dunklen Fenster zugewandt.

Er sah aus, als würde er immer auf diesem Bett mitten im Zimmer sitzen, weil er keine Beine mehr hatte und nur mehr einen Arm. In mir aber bewegte sich eine Freudenwelle von den Beinen zum Kopf, als ich ihn da so sitzen sah.

Er drehte seinen Kopf in meine Richtung, und als er mich im selben Moment sah, lachte er und wurde verlegen. »Warum kommst du jetzt?«, wandte seinen Kopf zurück zu dem Fenster, um mich gleich darauf wieder anzusehen, und in diesem Moment war auch sein Gesicht voller Freude.

Ich stürzte zu ihm und umarmte ihn, wir lachten beide, blieben einige Zeit in dieser Umarmung. Dann saßen wir uns gegenüber, sahen einander an, unsere Blicke ineinander versunken, so wie das früher oft war, unsere blauen Augen ein einziges Meer.

Er hatte noch beide Arme und Beine, aber über seine rechte Hand zog sich vom Zeigefingerballen quer über die Handfläche und über einen großen Teil des Unterarms eine klaffende blutige Wunde. Wir saßen noch lange in der kleinen, dunklen Stube. Uns aneinander nicht satt sehen könnend, erzählten wir einander immer wieder etwas über das, was passiert war, versicherten uns immer wieder unsere Sehnsucht und das Nicht-vergessen-haben.

Als ich aufwachte, blendete mich die Sonne, die durch den dünnen Spalt des Balkonvorhangs ins Zimmer fiel. Im Badezimmer hörte ich meinen Bruder seine Morgentoilette verrichten.

»Wie spät ist es denn?«

»Kurz nach neun.«

Ich zog den Vorhang auseinander, freute mich über das gute Wetter, der Swimmingpool glitzerte blau und silbernweiß in der Sonne.

»Bist du fertig?«

»Ja, du kannst schon ins Bad.«

Nach einiger Zeit kam ich wieder ins Zimmer, zog mich an, Bernhard redete über die für heute geplante Radtour, über das Einkaufen und die Preise, wo wir Geld wechseln könnten, wenn wir noch welches brauchten. Wir gingen hinunter in den Speisesaal. Nicken und gemurmelte Grüße an Leute, die man im Flugzeug das erste Mal gesehen hatte und seitdem immer wieder. Bernhard blieb kurz an einem Tisch stehen, um sich über den gestrigen Tag zu unterhalten, an dem wir durch den Ort gegangen und lange den Strand entlang spaziert waren, an dem Bernhard immer wieder stehengeblieben war, um sich nach diesem oder jenem Stein zu bücken, wir dem Meer beim Wellenschlagen zugesehen hatten, in einem Café oberhalb des Meeres gesessen waren und den Abend mit gutem Essen und schwerem Rotwein in einem Restaurant, schon am Ende des Ortes, verbracht hatten, während wir uns über dies und jenes unterhielten, schließlich müde im Hotel gelandet waren und bald einschliefen, das Rauschen des Meeres im Ohr. Im Speisesaal spielte Musik im Hintergrund, alte bekannte Lieder wie »Love me tender«, aber auch neuere Hits wie

»American Pie« von Madonna. Ich summte mit, während ich mein Weckerl, dicke, fette Salami und guten Käse aß. Bernhard hatte wieder das ganze Buffet abgeräumt, vor ihm lagen vier Stück Gebäck in drei verschiedenen Ausführungen, ein Würstchen, eine Portion Eierspeise, und jeweils eine Schale mit Kompott stand auf seiner wie auf meiner Seite. Nach Kaffee mit viel zu viel Milchschaum und einer Zigarette gingen wir zur Rezeption, um uns Fahrräder zu bestellen; wie weit es denn nach Silves sei, ach so, ungefähr zwanzig Kilometer, das schaffen wir schon. Um elf würden sie bereitstehen, also gingen wir noch aufs Zimmer, ich schaltete das Radio ein, wir setzten uns auf den Balkon, überlegten, die Karte studierend, wie wir fahren könnten, waren guter Stimmung, als ich plötzlich im Radio »Michelle« von den Beatles hörte, Paul McCartney mit sanfter Sommerbubenstimme »I love you I love you I love you. That's all I want to say. Until I find a way I will say the only words I know that you'll understand« sang und mich die süße Melancholie des Liedes vollkommen in ihren Bann zog, ich nichts mehr hörte, Bernhard weiterredete, ich aber nur mehr sah, wie sich sein Mund bewegte, wie er den Kopf schüttelte und seine Augen aufmerksam den Pool betrachteten und sein Blick darauf in Richtung Meer schweifte, kurz stehenblieb, um wieder zu den Menschen rund um den Pool zurückzukehren, seine Gesichtszüge sich zufrieden entspannten, »Michelle, ma belle, these are words that go together well, my Michelle«, mich ansah, etwas fragte, ich den Kopf bewegte, »I will say the only words I know that you'll understand my Michelle« die Melodie des Liedes zu Ende ging, ausklang, mich kurz nicht atmen ließ, und dann sagte, »gehen wir«, Bernhard noch einen Blick in den Garten warf, dann kontrollierte, ob er alles habe, ich meine Tasche vom Bett nahm und beim Hinausgehen das Radio einen kurzen Moment nachdenklich betrachtete, bevor ich es ausschaltete.

In der Lobby wartete schon der Fahrradverleiher. Der Mann erklärte uns ausführlichst den Weg nach Silves, meinte noch, wir bräuchten eine gute Kondition, um das zu schaffen, doch ich sagte, wir machen das schon, und schnaufte schon nach dem ersten Hügel, der nur wenige Meter vom Hotel entfernt war.

Die Sonne brannte vom Himmel, die Fahrräder liefen gut, das Meer lag hinter uns, Autos kamen uns entgegen, von allen Seiten strömten Frühlingsgerüche auf uns ein. Nach fünf Minuten schon hatte ich das Gefühl, es nicht zu schaffen, nirgendwo hinzukommen, doch ich verscheuchte diesen Gedanken. Ich deutete Bernhard, kurz stehenzubleiben. Vor einer riesigen Plakatwand, die für Coca-Cola warb, band ich mir mein schwarz-weißes Tuch um den Kopf und zog meinen Rock weiter hinauf. Bernhard hatte diesen Ausdruck im Gesicht, den ich an ihm mochte. Er sah mir aufmerksam geduldig zu, wie ich mich für die Fahrt herrichtete, während ich über die Hitze schimpfte und über die Steigungen, die wir schon hinter uns gebracht hatten und darüber, daß wir nicht genau wüßten, wie wir weiterfahren sollten. Wir stiegen wieder auf. Noch säumten neue Ferienhäuser die Straße, kleine Restaurants, Bars, doch schon war alles Natur von ihrer verführerischsten Seite, summte es, blühten die bunten Blumen am Straßenrand und in den Wiesen, waren die Bäume saftig und dunkelgrün. Ich fuhr voraus, drehte mich immer wieder um, »was ist mit dieser Straße? Die ist doch links, und sie ist klein«, auf die Erklärung des Fahrradverleihers Bezug nehmend, doch Bernhard schüttelte den Kopf, »nein, das kann sie nicht sein. Wir sind noch nicht weit genug gefahren.« Er trat mit einer selbstverständlichen Leichtigkeit in die Pedale, betrachtete aufmerksam die Abzweigungen. In Portes fuhren wir an einem kleinen Straßencafé vorbei, einem, bei dem mir Träume kommen, abzusteigen, mich hinzusetzen, auf die Straße zu schauen, Kaffee zu trinken und den Tag auf diese Weise vorüberziehen zu lassen. Wir waren jetzt auf einer breiten, stark befahrenen Straße. Die Hitze machte mir noch immer zu schaffen. Immer wieder drehte ich mich um, deutete auf diese und jene Straße, aber Bernhard schüttelte immer mit demselben gleichgültigen, doch aufmerksamen Blick den Kopf, während ich immer wütender wurde und diesen Ärger nur durch Blicke in vorüberfahrende Autos und auf die Häuser am Straßenrand besänftigen konnte. Schließlich erreichten wir eine Abzweigung, die Bernhards Vorstellungen entsprach. Die schmale Straße ging bald in einen unasphaltierten Weg über. Auch diesen säumten Häuser, doch waren sie alt, bewohnt und atmeten, rochen nach unbegrenztem Sommer, standen inmitten von paradiesischen Gärten. Das Gelb der Zitronen an den Bäumen leuchtete in der Sonne.

»Hast du schon einmal Zitronenbäume gesehen?« fragte ich Bernhard. »Ich wußte gar nicht, daß Zitronen auf Bäumen wachsen.«

»Natürlich wachsen Zitronen auf Bäumen.«

»Aber ihre Form paßt nicht auf Bäume.«

Ich konnte mich gar nicht satt sehen. Die Zitronen schienen reif zu sein. Nur eine niedrige Steinmauer grenzte den Hain vom Weg ab. Aus allen Richtungen strömten diese Sommer- und Frühlingsgerüche, die ich tief einatmete; Orangenbäume wechselten sich mit Zitronenbäumen ab, Insekten sangen ihre Lieder, Bernhard sah mit meiner Tasche am Rücken wie ein DJ aus.

»Machen wir doch unter diesen Bäumen eine kurze Pause«, schlug ich vor.

»Man hält nie an, wenn man gerade bergab oder bergauf fährt, sondern nur in ebenen Teilen, alte Radfahrerregel«, sagte Bernhard; also fuhren wir weiter.

Die Erde in dem Orangenhain, in den wir uns dann setzten, war so trocken und hart wie die in einem Weingarten. Wir tranken Wasser und pflückten Orangen vom Baum, die auch nicht anders schmeckten als Orangen aus dem Supermarkt. Ein älterer Mann mit der dunkelbraunen, ledernen Haut der älteren Menschen dieser Gegend fuhr auf einem Fahrrad vorbei und lächelte uns zu. Wir stiegen wieder auf unsere Räder. Die Sonne war wunderbar. Die duftende Luft war wunderbar. Das Fahren auf diesem Weg war wunderbar.

An einem Bahnhof in einem kleinen Ort stand auf einem Schild »Silves«.

»Das kann doch wohl nicht Silves sein?« fragte ich Bernhard, mich ihm zudrehend. »Ich weiß nicht. Fahren wir weiter, dann werden wir ja sehen.« Die Straße wurde breiter, viele Autos fuhren an uns vorbei, es ging schnell hinunter, hinter einem Fluß lag die Stadt, die sich vom Ufer des Flusses über die Anhöhe eines Berges zog. Silves, südlich, bunt, lebhaft. Wir stiegen von den Rädern und setzten uns auf eine Stiege, die zu einer höhergelegenen Straße führte, um uns auf dem Plan anzusehen, was in dieser Stadt sehenswert sei.

Oben, auf dem Platz, auf dem das Café war, das an Herrscherzeiten erinnerte, sperrten wir unsere Fahrräder ab und gingen dann durch kleine Gäßchen, immer wieder Touristen begegnend, hinauf zur Festung, bei der Eintritt zu zahlen war. Wir kamen in einen Garten mit vielen schattigen Bäumen, einem Colaautomaten, einer Zisterne unter der Erde, die ein weiter, hoher, weißer Raum war, ein Mann spielte auf der Ziehharmonika bekannte

Lieder. Bernhard kletterte Stufen hinauf und folgte dem schmalen Weg auf der Mauer, während ich auf die Toilette ging, vor der zwei strickende, lächelnde Frauen saßen, die sich für meine Escudos bedankten, bevor sie sich weiter Geschichten erzählten. Ich setzte mich auf eine Steinbank, Bernhard sah ich nicht, und Festungen hatte ich im letzten halben Jahr bis zum Überdruß gesehen. Ganz Europa schien mir aus nichts als aus Festungen und aus Kirchen zu bestehen, in denen sich die Besucher der Stadt oder des Dorfes drängten. Bernhard kam. »Wieso gibt es in Europa bloß so viele Festungen?« fragte ich ihn. Hier war ein Verlies, was bedeutete, ein Gitter vor einem Loch, und hier ein alter Brunnen, alles beschriftet, damit wir keine der Sehenswürdigkeiten verpaßten. Und das hier war ein berühmtes Tor, aber außer einer zugewachsenen Mauer war nichts zu erkennen.

»Schau, hier ist der berühmte Vasco da Gama gestanden«, sagte ich. »Wo?« fragte Bernhard. Ich begann hysterisch zu lachen. »Na hier, die Festung wurde um seinen Fußabdruck herum gebaut.« Bernhard sah mich verzweifelt an. »Suchen wir doch dieses Kreuz, das in irgendeinem Prospekt beschrieben wurde«, schlug ich vor.

Wir verließen die Festung, spazierten durch schmale portugiesische Straßen. Ein Mädchen im Nachthemd huschte von einem Haus zum nächsten. »Hast du den Garten gesehen?«

»Welchen Garten?«

»Von der Festung aus konnte man in einen Garten sehen, mit einem Brunnen in der Mitte und Bäumen rundherum, die alle blühten. Der Garten war wunderschön, und es war niemand dort.«

»Wieso hast du mir das mit dem Garten nicht vorher gesagt? Den Garten hätte ich gern gesehen. Stattdessen sitze ich in der fünfzehnten Festung meines kurzen Lebens.«

»Du wolltest doch nicht hinauf kommen.«

Bernhard lachte mich aus.

»Ja, den Garten hätte ich wirklich gern gesehen.«

Wir kamen zu einer steil bergab führenden Straße, an deren Ende schon wieder Grün zu sehen war. »Schau, wieder dieses Schild. Vorher stand 500 Meter, und auf diesem 600 Meter«, er deutete auf ein Schild, auf dem ein Herz abgebildet war, unter dem Entfernungsangaben geschrieben standen, die höher wurden, obwohl wir uns in die Richtung des Pfeils, der ebenfalls das Schild zierte, bewegten.

Beim nächsten Schild war »700 Meter« zu lesen, wir lachten, bei der nächsten Tafel lachten wir noch immer, und als wir wieder zurückgingen, wurden unsere Schritte trotz der Mittagshitze leichter, unsere Worte schwebten im Flimmern der Hitze in den Lücken zwischen den Häusern, zwischen den einzelnen Gäßchen. Ich fragte eine Frau nach dem Kreuz, sie wies in die Richtung, aus der wir gekommen waren, so daß wir wieder bei der großen, prächtigen Kirche landeten, an der wir auf unserem

Weg zur Festung vorbeigegangen waren. »Nun, das war's wohl nicht«, meinte Bernhard. Schließlich wurden wir auf einen weiten Weg geschickt, gingen und gingen, eine kleine Straße, an Häusern mit Höfen und wild wuchernden Gärten vorbei, und Bernhard erzählte vom Portugalurlaub vor Jahren, wir gingen und gingen, und kamen zu einer Kreuzung, und suchten das Kreuz, und da stand es auf der anderen Seite, ein kleines, bronzenes Kreuz in einem Pavillon.

»Dieses Kreuz soll sechs Meter hoch sein?«

»Samt Sockel und Dach vielleicht schon.«

Bernhard konnte nicht mehr aufhören, über das Kreuz zu lachen.

»Dieses Kreuz soll aus Marmor sein?«

»Sicher, schau genau hin, so sieht moderner Marmor aus.« Um das Kreuz waren einige Bänke, mitten auf der Kreuzung, schon außerhalb der Stadt, der Ort, von dem aus die Wege in alle Richtungen führten. »Das kann nicht dieses Kreuz sein.« Ich packte meinen Plan aus, las die Beschreibung, es mußte das Kreuz sein. »Gehen wir. Was soll ich hier bei diesem Kreuz?« Drei alte Menschen, zwei Frauen und ein Mann, standen wenige Meter entfernt, und als ich sie fragte »Cruz de Portugal?«, nickten sie stolz, und sagten noch ein paar Worte, die wir natürlich nicht verstanden.

Der Weg zurück zog sich. Ich wollte essen, Bernhard wollte etwas anderes, die ersten Regentropfen fielen, Bernhard erzählte vom Fußballspielen, wir kamen zum Zentrum zurück, der Regen war schwächer geworden. Lange suchten wir ein Café, das mir gefiel, und während der Suche stichelte Bernhard ununterbrochen, »ach, das Café ist wohl zuwenig portugiesisch. Und hier sind wohl zu viele Touristen. Und bei dem sind die Wände nicht weiß genug. Und das ist zu altmodisch. Und hier könnte man wohl etwas zu essen bekommen.« In dem Café, in dem wir schließlich landeten, lief der Fernsehapparat, in dem irgendeine Doku über den Regenwald gesendet wurde. Ein Mann trank portugiesischen Milchkaffee im gerillten Glas, während wir Kaffee in normalen Tassen bekamen.

»Ich hätte viel lieber diesen Kaffee«, sagte ich.

»Das ist doch der gleiche«, sagte Bernhard.

»Nein, ich erinnere mich an den Geschmack dieses Kaffees. Es war ein ganz besonderer Geschmack.«

Wir aßen beide diese Mehlspeisen, die einen speziellen Blätterteigboden hatten und mit süßem Pudding gefüllt waren.

»Wieso zeigst du nicht auf den Kaffee von dem Mann und sagst, du willst auch so einen?« fragte Bernhard.

»Das ist mir zu peinlich. Ich werde aber schon noch so einen Kaffee bekommen, und dann wirst du sehen, daß ich recht habe.«

»Ja, natürlich. Der Kaffee, der nach Cola schmeckt.«

Genau in dem Moment, als wir unsere Fahrradschlösser aufsperrten, begann der Regen, dicke, schwere Tropfen. Wir flüchteten unter die Arkaden, bis der Regen fast aufgehört hatte, dann fuhren wir los, doch schon auf der steilen Straße, die von der Stadt wegführte, begann es wieder stark zu regnen. »Willst du warten?« schrie ich Bernhard zu. »Nein«, rief er zurück. Also fuhren wir gegen den Regen an, gleichmäßig das Treten wie das Fallen der Regentropfen, Kampf gegen die ungeheuerlichen Mächte der Natur. Irgendwann drehte ich mich zu Bernhard um: »Wir sind diese Straße nie gefahren.«

»Doch, doch natürlich sind wir diese Straße gefahren.«

»Nein, da waren schon die Zitronen- und Orangenbäume. Wo ist der schmale Sandweg?«

»Der kommt erst.«

»Nein, dazu dauert es schon zu lang.«

Wir waren auf einer mittelbreiten Landstraße, begrenzt von einer hohen, mit bunten kleinen Steinchen verzierten Mauer auf der rechten Seite.

»Ich kann mich an diese Mauer nicht erinnern«, schrie ich.

»Was?«

»Ich kann mich an diese Mauer nicht erinnern!« Der Regen peitschte uns ins Gesicht, Steigung.

»Ich schon, doch sicher, wir müssen diese Straße gefahren sein, ich habe keine Abzweigung gesehen.«

»Ich habe auch keine gesehen, doch wir sind diese Straße nicht gefahren.«

»Aber ich habe keine Abzweigung gesehen!«

Der Regen ließ nach, wir waren vollkommen durchnäßt und schmutzig. Auf einem Schild stand »Lagoa«.

»Wir waren nie in dieser Stadt. Gibst du jetzt zu, daß wir diese Straße nicht gefahren sind?«

»Ich weiß es nicht, ich weiß überhaupt nichts mehr«, sagt Bernhard, resignierend, auf Zeichen lauernd, in die Pedale tretend, immer tretend.

»Was heißt das, du weißt es nicht? Wir sind diese Straße nicht gefahren. Das ist so. Ob wir jetzt eine Abzweigung gesehen haben oder nicht!«

Ich möchte nur hören, daß er sagt, daß dies so ist. Ich möchte, daß er es zugibt, daß er der Wahrheit hier ihr Recht gibt. Es ist eine vollkommen einfache Wahrheit: Wir sind diese Straße nicht gefahren. Es gibt kein Entweder – Oder. Es gibt kein Vielleicht. Es ist so. Es ist eine Tatsache. An einer Kreuzung bleiben wir stehen. Der Regen hat aufgehört. Die Autos zischen an uns vorbei. Ein Moment der Ruhe.

»Gibst du es nun endlich zu?«

Zorn ist in seinen Augen, zornige Verzweiflung, »Und was nützt mir das, wenn ich es weiß, wenn ich doch keine Abzweigung gesehen habe?« zischt er mir zu.

Ich schaue auf den nassen Asphalt, auf die vorüberbrausenden Autos. »Komm, fahren wir weiter«, sage ich, weil ich sonst nichts mehr sagen kann.

Wir überqueren die Straße, steigen erst auf der

anderen Seite auf und treten wieder, Autos fahren an uns vorbei, Bäume und Wiesen säumen die Straße, es beginnt aufs neue zu regnen, gegen den Regen schreie ich »Michelle, ma belle, these are words that go together well, my Michelle«. Und all der Lärm der Straße und das Prasseln des Regens ist nur mehr das Hintergrund-»uuuuuhhhhh« des Liebesliedes an Michelle. »Sont les mots qui vont très bien ensemble, très bien ensemble.«

Beim Hinaufkämpfen auf einen der nächsten Hügeln habe ich das Gefühl, nicht mehr weiterzukönnen, absteigen zu müssen, genau jetzt, zu Fuß zu gehen, den ganzen Weg zurück zu Fuß zu gehen.

»Wie spät ist es jetzt?« frage ich Bernhard.

»Dreiviertel fünf.«

»Oh Gott, das heißt, wir fahren noch mal die gleiche Zeit«, stöhne ich. Wir stehen an einer Ampel. Es regnet nicht mehr. Vor uns wartet eine kleine Anhöhe darauf, erklommen zu werden. Es wird grün, wir fahren los.

Nach wenigen Minuten schreit Bernhard, »da waren wir schon. Ich kann mich an dieses Geschäft erinnern.« Ich sehe nach links und weiß, daß er recht hat.

Ich erinnere mich, welche Strecke ungefähr noch zu fahren ist, und das Treten fällt leichter. Ich sehe auf die Gärten und Häuser, summe eine Melodie, wir fahren an dem Café vorbei, in dem ich ein Stück des Tages vorüberziehen lassen wollte. Tropfen beginnen aufs neue vom Himmel zu fallen, ganz leicht, bis sie dichter werden und schwerer und wir wieder gegen den Regen anfahren. Wir sind Abenteurer des 21. Jahrhunderts, schmutzig und naß, aber wir geben nicht auf. Als wir die letzte Steigung hinuntersausen, schnell geht das, das Meer rauscht daneben, bremsen wäre nicht möglich, läßt der Regen wieder nach, und als ich auf dem letzten Stück, das direkt vor das Hotel führt, noch einmal fest in die Pedale trete, hört der Regen auf.

Ich gehe zuerst ins Bad, reiße mir die Schuhe von den Füßen, schütte das trübe, schmutzige Wasser in das strahlend weiße Becken. Das heiße Wasser tut gut, aber wirklich entspannen kann ich mich nicht, weil Bernhard naß im Zimmer sitzt und ich seine Worte »und jetzt schnell heiß duschen, damit wir keine Lungenentzündung bekommen« im Kopf habe, als hätte ich mir das jemals selbst gedacht.

Bald schon bin ich im Zimmer und höre dem Wasser zu, wie es in die Badewanne fließt, die kleinen Geräusche des Ein-Bad-Nehmens. Vor dem Balkon hat sich kurz die Sonne durchgesetzt. Ich schlage ein Buch auf, das ich dann aber auf meinen Knien liegen lasse, und schaue hinaus in den Himmel, der ein abwechslungsreiches Programm an Farbspielen bietet. Es ist schade, daß wir es an diesem Tag wohl nicht mehr zum Meer schaffen werden, daß ich wegen des Wetters und der Müdigkeit in meinen Beinen nicht mehr den Strand entlang joggen kann, um dann langsam zurückzuschlendern, die Schuhe und die Socken auszuziehen, um meine Füße das Meer berühren zu lassen, das Gesicht dem Meer zugewandt, dessen Weite durch das mächtige Spiel der Wellen an Bedeutung verliert. Bernhard kann stundenlang am Meer sitzen und den Wellen dabei zusehen, wie sie kommen und gehen, abschätzen versuchen, ob die nächste Welle sich weit über den Strand herauf ergießen, uns erreichen wird oder nicht, ob sie vorher bricht und dann nur kümmerlich ausläuft, beobachten, daß zwei kurz aufeinanderfolgende Wellen das Meer schnell und weit hinauftreiben, Gischt, hineinspringen, spritzen, kreischen, Überraschung und zusehen, wie sich mit einem gefährlichen Sog das Meer wieder zurückzieht, ein Moment, in dem man fallen kann, Bernhard braucht lange, bis er sich Schuhe und Socken auszieht, und dann natürlich auch die Hose, um mit den Wellen zu spielen, er sitzt lieber da und berechnet, während mein Rock schon vollkommen durchnäßt ist und ich mit einem kleinen, mageren Jungen um die Wette laufe und ins Meer schreie und jauchze und weglaufen spiele und ihm entgegenlaufe, komm doch Welle, komm doch. Das kleine Mädchen spielte das gleiche Spiel, bevor eine Welle sie überraschte und sie zu schreien begann, eben noch fröhlich und lachend, auf das Meer zeigend, und schon war sie naß von der kleinen Welle, und Papa kam mit einem Handtuch, und Mama und der Bruder kamen auch, um das kleine Mädchen zu trösten. Als dies geschah, saßen wir beide auf einem Handtuch neben stinkenden Seeigeln und sahen zwei Buben beim Fußballspielen zu, was Bernhard zu Kommentaren veranlaßte. Er hätte wohl gerne mitgespielt, so wie der Vater, der dazukam, mitspielte, und wenn der Ball zu uns flog, was nicht selten geschah, kickte Bernhard zurück, bevor er sich wieder der Wellenbeobachtung widmete. Bernhard hatte gemeint, ich sei auch so ein kleines, trotziges Mädchen gewesen, das wegen jeder Kleinigkeit zu ihrer Mami gelaufen kam, als wir zu Mittag in einem Touristenrestaurant unter der sich gerade für eine halbe Stunde ihr kräftiges Spiel zur Schau stellenden Sonne gesessen waren. »Das könntest du sein.« Das Mädchen, ein paar Jahre älter als der Junge, kam immer wieder zur Mutter, »der Peter läßt mich nicht spielen; der Peter läßt mich nicht in Ruhe«, und hatte offensichtlich gar keine Freude daran, alleine zu spielen, sondern ihre Pirouetten auf der Stiege dienten nur dazu, den Jungen anzulocken, um ihm dann zu sagen, »geh weg, hier spiele ich«; und die Mutter stand schließlich auf, nahm den Buben und sagte, »jetzt laß Andrea doch spielen«, aber bald wälzten sich Peter und Andrea laut lachend im Gras unten im Garten. »Ich war kein solches Kind.« »Natürlich warst du das«, sagte Bernhard amüsiert, »Du warst genau so.«

»Was du alles weißt«, sagte ich, ein wenig die Geduld verlierend. »Unsere Mutter hätte auf so etwas doch überhaupt nicht reagiert.«

»Und warum hast du es dann gemacht?«

»Wie warst denn du als Kind, wenn du dich so gut daran erinnern kannst, wie ich war?« Bernhard gab keine Antwort, weil die Kellnerin unsere Salate brachte.

Bernhard kommt aus dem Badezimmer, »das war angenehm!«

Ich nehme mein Buch auf und beginne zu lesen.

»Wo willst du denn heute abend essen?«

Ich sehe auf. »Ich weiß nicht, schauen wir in die Stadt.« Ich stecke meinen Kopf wieder in das Buch. Bernhard schaltet den Fernsehapparat ein, zappt durch die Kanäle, landet schließlich bei etwas Englischsprachigem.

»Kennst du die Serie?«

»Nein, was ist das für eine Serie?«

»Sie spielen ein Fantasycomputerspiel nach.«

Auf dem Bildschirm sitzen ein Mann und eine Frau in abgerissener, märchenhafter Kleidung in einer Ecke. Sie altern, sprechen darüber, daß sie es nicht mehr lange schaffen werden, daß ihnen geholfen werden muß. Ich versuche weiterzulesen.

»Stört dich der Fernsehapparat?«

»Nein, schau nur weiter.«

Ich lese den Satz dreimal, bevor ich zum nächsten übergehe. Es ist eine Geschichte über die Krise eines Elternpaares, von deren Sohn, ungefähr sechzehn Jahre alt, erzählt. Lange passiert nichts, doch Vater und Mutter erzählen dem Burschen immer vom Leben, sprechen immer die existentiellen Fragen an, als sei das vollkommen normal. Der Junge hört meistens nur zu. »Verstehst du denn, was sie reden?« frage ich Bernhard.

»Ja, sonst würde ich es mir nicht ansehen.«

Der Held ist am Bildschirm erschienen, läuft durch einen Wald, klopft an einem Haus, in dem die böse Hexe wohnt, die man nur von hinten sieht. Er will für das Leben seiner Freunde bitten. Die böse Hexe krächzt Sätze schweren Inhalts, bis sie einen Trank trinkt, ihren Umhang abwirft, sich umdreht: Eine junge, sexy Frau mit langen blonden Haaren ist sie jetzt, die den Helden zu verführen versucht, um ihn dazu zu bringen, seine Freunde zu verraten, und fast schon hätte er sie geküßt, doch im letzten Moment reißt er seinen Kopf wieder nach oben, was die Hexe wütend macht – Bernhard liegt mit verzücktem Gesichtsausdruck auf dem Bett, seinen Blick im Fernsehbild verschmolzen –, und sie erklärt ihm, daß er besser demnächst einen Kampf verlieren sollte, damit auch er altern könne, denn ewige Jugend sei mehr Fluch als Segen. Sie gibt ihm ein kleines Fläschchen für seine Freunde mit, und der Held läuft zurück durch den Wald, doch als er das dunkle, baufällige Gebäude betritt, in dem seine Freunde auf ihn warten, sieht er dort niemanden, plötzlich lacht jemand im Hintergrund, der Held dreht sich um, und der Böse ist zu sehen, der des Helden schon greise Freunde jeweils rechts und links am Arm hält. Wieder muß er kämpfen – Werbung.

»Typisch«, sagt Bernhard.

»Gehen wir dann essen?« frage ich.

»Ich will mir das nur noch bis zum Ende ansehen.«

Ich gehe ins Bad, mache mich zurecht. Der Schluß interessiert mich nicht, obwohl auch ich vorher gebannt auf den Bildschirm gestarrt habe.

»Es regnet schon wieder!« sage ich, als ich ins Zimmer zurückkomme.

»Jaja«, sagt Bernhard.

»Was soll ich bloß anziehen? Meine Sachen sind alle naß!«

»Ja, meine auch.«

Ich gehe zum Balkon. Der Wind peitscht Wellen in das türkise Wasser des Swimmingpools. Auch auf der Seite gegenüber steht jemand an der Balkontür und schaut hinaus, verschwindet aber gleich wieder. »Gehen wir«, sagt Bernhard.

»Wer hat gewonnen?« frage ich.

Er sieht mich gespielt verächtlich an.

Auf der Straße schüttet es, der Wind weht mir den Schirm fast aus der Hand, Schlammlachen am Weg, keine Menschen, ein paar Autos fahren vorbei, das Meer ist wild, man kann sein Tosen und Brausen hören.

»Kannst du dich erinnern, wo das nächste billige Restaurant ist?« frage ich.

»Ich glaube, da müßte gleich eines sein.«

Die ganze Straße ist in wilde Dunkelheit getaucht.

Nach einigen Metern leuchtet uns ein Schild entgegen: »Steakhouse«. Eine Tafel verspricht ein preiswertes Menü, mit Vorspeise, Getränken, Nachspeise und Kaffee.

Es ist ein seltsames Restaurant. Ein kreisförmiger Raum, die Wand zur Straße verglast, doch durch weiße, lange Gardinen entsteht eine Atmosphäre wie bei Familienausflügen vergangener Zeiten, ein wenig Ostblockflair, obwohl gegenüber der Tür in einem Halbkreis eine schöne hölzerne Bar steht, die weit in das Lokal hineinreicht. Bernhard nimmt sich eine von den Weißbrotscheiben, schmiert sich Butter und Sardinenpaste drauf, beginnt zu essen. Zwei Tische rechts von uns sitzt eine große Gruppe älterer Engländer, die laut lachen und sich prächtig unterhalten.

»Kannst du dich an das Restaurant mit den vielen alten Leuten erinnern?« frage ich Bernhard.

»Ja, sicher.« Wir hatten damals lange gesucht, bis wir dieses Lokal gefunden hatten, waren müde und hungrig, doch als wir schließlich saßen und schon bestellt hatten, bemerkten wir, daß wir in einer Art Altersheimkantine gelandet waren. Es waren fast nur Menschen über siebzig, die alle ihr Menü bekamen. Einer von uns begann zu kichern, der andere konnte sich nicht halten und lachte ebenfalls, und so aßen wir in diesem Restaurant, immer wieder einen Lachkrampf nicht zurückhalten könnend, Bemerkungen machend, die möglicherweise am Nachbartisch gehört werden konnten, unsere völlige Deplaciertheit auskostend.

»In der Firma wird mich viel Arbeit erwarten«,

sagt Bernhard. »Ich habe der Chefin angeboten, daß sie mich hier anrufen kann, wenn es sehr dringend ist. Aber sie hat nur gesagt, Sie sind nicht da und damit basta. Aber wenn Sie irgend etwas dringend …, und da hat sie mich wieder unterbrochen und noch einmal gesagt, Sie sind nicht da und damit basta.« Ich lache, weil er seine Chefin, eine resolute ältere Frau, gut nachahmen kann.

Die Vorspeise, Krabbensalat, wird gebracht.

»Dir gefällt es in der Firma ja recht gut«, sage ich.

»Zur Zeit schon. Ich habe jetzt auch mehr Verantwortung, und das Geschäft läuft zur Zeit so gut wie überhaupt noch nie.« Man sieht, daß es Bernhard schmeckt. Sein Gesichtsausdruck ist zufrieden, er kaut ruhig, seine dunkelbraunen Augen sehen von mir zu seinem Teller und von seinem Teller zu mir. Erst als er den Salat aufgegessen hat, läßt er seinen Blick kurz im Lokal schweifen. Er hat schöne Augen, denke ich. »Das Lokal haben sie irgendwie verbaut«, sagt Bernhard.

Bernhard trinkt Cola, ich trinke Rotwein.

»Ich kann mir nicht vorstellen, wie das ist, nur fünf Wochen Urlaub im Jahr zu haben. Und so viel zu arbeiten wie du. Ich brauche das, eine Zeitlang gar nichts zu tun.«

»Na ja, ich bin es gewohnt, so viel zu arbeiten, ständig etwas zu tun zu haben. Ich würde es nicht anders wollen.« An den Tisch neben uns setzt sich ein älteres englisches Ehepaar. Er hat einen durchtrainierten Körper und trägt sportliche Kleidung, sieht aus wie ein ehemaliger Matrose, während sie etwas mollig ist, an einem Stock geht und die Kleidung älterer Damen trägt.

»Seltsames Paar, findest du nicht?« flüstere ich Bernhard zu.

Die Hauptspeise wird gebracht. Bernhard ißt Fisch, ich Steak. Bernhard erzählt weiter über seine Arbeit, ich stelle Fragen. Am Tisch auf der anderen Seite sitzt nun eine Gruppe junger Mädchen. Unsere Teller werden abgeräumt, ich bestelle als Nachspeise Fruchtsalat, Bernhard nimmt Eis. Das englische Ehepaar ißt schweigend. Die große Gruppe Engländer ist am Gehen.

»Morgen könnten wir nach Faro fahren«, sage ich.

»Ich kenne Faro schon.«

»Dann kannst du mir ja die Stadt zeigen.«

»Wenn du willst.« Wir bekommen noch Kaffee. »So viel Kaffee wie hier mit dir habe ich das ganze letzte Jahr nicht getrunken«, sagt Bernhard.

Ich lache. »Das kann ich mir vorstellen.« Gleich neben der Bar wird der Fernsehapparat eingeschaltet.

»Ich habe mich schon gewundert, daß es in diesem Restaurant keinen Fernsehapparat gibt, wo es hier doch in jedem zweiten Lokal einen gibt, und immer läuft er.«

»Ja, das ist hier so«, sagt Bernhard und sieht auf den Bildschirm, auf dem ein Fußballspiel gezeigt wird. Ich zünde mir eine Zigarette an. Bernhard sagt einige Zeit nichts mehr, weil er in das Spiel vertieft ist. Meine Gedanken beginnen sich von diesem Restaurant loszulösen, irgendwohin zu gleiten, ohne wirkliche Richtung und ohne jeglichen Inhalt, ich sehe Bernhard an, wie seine Augen aufmerksam den Bildern folgen, wie sein Mund immer wieder andere Formen annimmt, wie er sich mit der Hand über das Gesicht fährt, wie er blinzelt, die Augen zusammenzieht, um besser sehen zu können, sich seine Wangen ganz leicht verhärten und nach wenigen Momenten wieder weich ihre Alltagsform annehmen, die bunten Punkte am Bildschirm bewegen sich laut, Bernhard sagt etwas, von dem ich nur »daneben« verstehe, er redet weiter, aber ich versuche nicht zuzuhören, und würde es auch nicht können, wenn ich es versuchen würde. Ich trinke den Wein aus, will noch ein Glas bestellen, um dieses Gefühl, das sich in mir breitmacht, mich vollkommen ausfüllt, das schwer und dunkel ist, ein wenig Traurigkeit und ein wenig Angst, als verfolgten mich die rot-blau-grünen Punkte des Fernsehens in meine Träume, zu vertreiben, wegzutrinken, doch ich tue es nicht, sondern sage »Bernhard, gehen wir, ich bin plötzlich so müde«, und Bernhard schaut kurz zu mir, um sofort wieder auf den Bildschirm zu sehen, »warte, gleich ist Pause«, und dann aus dem Fenster, »hat es schon zu regnen aufgehört?« Ich drehe mich um, schiebe den Vorhang zur Seite, die Pfützen sind glatt, der Supermarkt gegenüber ist dunkel.

»Ja«, sage ich.

»Ich hoffe, es fängt nicht wieder an, wenn wir gehen.«

Ich versuche, das Gefühl zu vertreiben, indem ich Gründe, Ursachen suche, mich aufrecht hinsetze, meine Augen öffne und zusammenziehe. Es gelingt mir nicht. Der Kellner kommt, Bernhard sagt, »A conta, faz favor.« Die Rechnung wird gebracht. »Das kostet wirklich nur soviel, wie auf der Tafel steht«, wundert sich Bernhard. Die erste Halbzeit ist zu Ende. Wir geben das Geld auf das kleine silberne Tablett, dann stehen wir auf, nehmen den Regenschirm und gehen. Es regnet nicht.

»In dem Spiel haben sie ein sehr schönes Tor geschossen«, sagt Bernhard. »Hast du es gesehen?« Ich schüttle den Kopf, und er beginnt mir lebhaft und aufgeregt zu beschreiben, wie der Ball von einem Spieler zum anderen lief, wie der Torschütze den Ball kurz am Fuß hielt, ein Spieler der gegnerischen Mannschaft auf ihn zurannte, und der Schütze den Ball präzise am Tormann vorbei in die rechte Ecke schoß. »Ein so schönes Tor habe ich schon lange nicht mehr gesehen.« In diesem Moment wünsche ich mir, ich hätte das Tor auch gesehen. »Gehen wir noch ein wenig zum Meer hinunter?« frage ich. »Ja, gut.«

Das Meer ist dunkel und tost, die Wellen erreichen uns nicht, wir hinterlassen unsere Fußabdrücke im nassen Sand. Bernhard erzählt über Fußball, und während ich ihm zuhöre und das Meer betrachte und die Lichter auf der Promenade oben, weicht dieses dumpfe Gefühl langsam aus mir, mein Interesse für das, was Bernhard erzählt, wächst wieder, ich lache, als er eine komische Situation beschreibt. Wir bleiben kurz stehen, Bernhard sagt, »das Meer ist so schön. Schade, daß wir nicht baden gehen können.«

Wir klettern den felsigen Weg hinauf, der zur Straße zu unserem Hotel führt. Beim Portier, der uns fragt, ob wir einen schönen Abend gehabt haben, kaufe ich portugiesische Zigaretten. »Kannst du nicht eine Nacht ohne Zigaretten sein?« fragt Bernhard in vorwurfsvollem, verächtlichem Ton. Wir gehen aufs Zimmer, Bernhard legt sich sofort ins Bett, ich lese noch in der Zeitung, die ich mir am Tag davor gekauft habe, rauche noch eine Zigarette und knipse dann das Licht aus. Bernhard schnarcht nicht, nur manchmal spricht er im Schlaf, so wie ich auch.

Geschichte

Es lebte ein junger, schöner Mann, dem die Menschen in den Straßen mit aufmerksamen Blicken folgten, in einer schönen Stadt, in der der Kontrast der Gebäude, der Anlage der Straßen, der Farben im Frühling und Sommer – im Winter war alles grau, nur wenn der Schnee gerade erst gefallen war, konnte man nachts in dem blendenden, liebevollen Weiß, welches das dunkle Blau der Nacht noch stärker herausstrich, in der Einsamkeit von Winternächten nach Hause schweben, eingefangen vom starken Geruch der unzähligen Biere, die man getrunken hatte, fühlte man sich im Märchen, weil die Stadt schlief, in solchen Nächten war die Schönheit unbegreiflich –, des Geruchs des Parks und der Kanäle zu der Stillosigkeit der in ihr lebenden Menschen für den jungen Mann nur schwer erträglich war.

So wie diese Stadt von der großen Vergangenheit zehrte, hatte auch er den Blick alles dessen, was gewesen war, in seinen Augen.

Die Menschen kamen noch immer in dieses ehemalige Herrschaftszentrum, um sich vorzustellen, wie das gewesen war, als im Winterpalast die vom Zar geladenen Adeligen tanzten, die durch die hohen Fenster auf die silberne Eisdecke der Neva und den strahlend blauen Himmel sahen, wenn sie sich am frühen Morgen, Champagner trinkend, in den Erkern – sie hatten den großen Saal, in dem getanzt worden war und in dem jetzt überall Betrunkene lagen und schnarchten, verlassen –, in einem der prachtvollen Räume des Schlosses küßten. Die künstlich hochgeschobenen Busen bebten, die männlichen Glieder rieben sich an der raschelnden Seide und entluden sich in die Weite der winterlichen Stadt, wenn kurz die Fenster zur herbeigesehnten Abkühlung weit geöffnet wurden. Für dieses mondäne Leben hatte man der Natur die prächtigen Straßen und die hohen Häuser mit den verträumten Innenhöfen abgetrotzt.

Im Sommer saß man jetzt bis spät in die Nacht in einem dieser Höfe, auch wenn der nächste Tag zur Arbeit verpflichtete – vorausgesetzt, man hatte eine –, trank Bier und Wodka, aß dazu eingelegte Gurken und sprach viel und laut über die nicht so lange vergangene Zeit, in der man noch etwas zu sagen gehabt hatte, die Stadt langsam renoviert worden war, das Geld gereicht hatte, um auch einmal essen zu gehen, und sich sonst die Einsamkeit in den Schlangen vor den Geschäften aufgelöst hatte, in denen Notwendiges zu kaufen gewesen war.

Das Leben in dieser Stadt glich einem großen Traum, in dem jede Tat nichts verwirklichte, sondern nur näher in das schummrige Hell der langen Nächte führte, in denen die Wintertraurigkeit bis zum nächsten Mal vergessen wurde. Hier konnte man nur schreiben, in Musik versinken oder trinken, möglich, möglich ist alles, sagten die jungen Leute in den Nachtlokalen, aber es gab ja auch große, elegante Restaurants, an der Neva, in der Peter-und-Pauls-Festung, am Nevskij-Prospekt, die mit dem überladenen, glänzenden Interieur vergangener Zeiten warben.

Die Vergangenheit, die man im Blick des jungen, schönen Mannes aufblitzen sehen konnte, hieß Liebe und all das, was eine gescheiterte Liebe mit sich bringt.

An der Fontanka war es, als er gerade vom Zigarettenkaufen auf dem Weg zurück in seine Wohnung war, in der er zu dieser Zeit ganz alleine mit Unmengen von Bildern lebte, sich einen Dreck für die Außenwelt interessierte, als ihm zwei Mädchen entgegenkamen, von denen eine auf ihn einen solchen Eindruck machte, daß er stehenblieb und sich erst nach wenigen Momenten umdrehte, um ihnen nachzulaufen und eine Zigarette mit ihnen zu rauchen. Die nächsten Tage und Wochen verbrachten sie gemeinsam im Bett, sprachen wenig, liebten sich viel, bis der junge, schöne Mann die Lebenskraft, die er wieder in sich verspürte, hinaus, in die Welt bringen wollte und anfing, sich mit einem der vielen Geschäftchen zu beschäftigen, denen sich damals das ganze Land hingab. Mit einem Freund begann er einen Milchkiosk zu organisieren, der dadurch Geld einbrachte, daß man in Fabriken Milch günstig erwarb und in der Stadt zu höheren Preisen weiterverkaufte. Das funktionierte bis zu dem Zeitpunkt, als Milch verstaatlicht wurde; aber durch die ihn beflügelnde Liebe entmutigte ihn dieser Fehlschlag keineswegs. Er begann mit Spaghetti zu handeln, bis dieses Geschäft durch widrige Umstände ebenfalls in die Brüche ging. Auch dies raubte ihm keineswegs seinen Elan. Seine Geliebte stand ihm zur Seite, half ihm, wo immer sie konnte; sie brauchten sich nur zu berühren und schon war alles andere für kurze, manchmal auch längere Zeit – so etwas konnte tagelang ohne nennenswerte Unterbrechung dauern, in diesem Land hatte man immer Zeit für die wichtigen Dinge des Lebens – vergessen. Als nächstes baute er in einem Theater ein kleines Buffet auf, das prächtig gedieh. Es gab viel Arbeit, aber es gab auch viel Liebe, und viele Bekannte; die Leute hatten Geld, um ins Theater zu gehen und sich dort auch etwas zu leisten, schließlich wollte die Marktwirtschaft genossen werden, schließlich konnte jeder Geld verdienen, der wollte, und Geld brauchte man, auch um sich in schicker, westlicher Kleidung zeigen zu können, nicht immer Kascha essen zu müssen, um in den neu eröffneten Restaurants und Bars zu sitzen, um den schmutzigen, einförmigen Sowjetmief zu vertreiben, der nichts mehr zu versprechen hatte. Die Geliebte des jungen, schönen Mannes wurde schwanger, sie waren beide sehr jung und sehr verliebt, und ein Kind schien ihnen die Krönung ihrer Liebe zu sein als Versprechen der Ewigkeit. Die Zeit der Schwangerschaft war ein einziger Rausch an Zärtlichkeiten und Überraschungen; sie saß im Buffet und sah ihm zu, wie er Getränke, Kuchen und Salate ausgab; mit Freunden lachten sie oft noch bis spät in die Nacht, immer wenn er sie ansah, durchströmte ihn ein unbeschreibliches Glücksgefühl, gern wäre er öfter mit ihr allein gewesen, hätte sie nur betrachtet, ihren Bauch gestreichelt, wäre so gesessen, bis ihn der Schlaf überkam, bis er wieder zur Arbeit mußte, bis zur Geburt des Kindes. Das Buffet florierte, der Winter kam, und das Kind, eine Tochter, wurde geboren. Stundenlang stand er über ihr Bettchen gebeugt, um sie im Schlaf zu beobachten, bewunderte ihre Händchen, Fingerchen, Füßchen, alles an ihr schien ihm von vollendeter Schönheit. Je älter sie wurde, um so mehr sah man, wie sie ein genaues Ebenbild der Mutter und des Vaters war, eine kleine schöne Prinzessin, welche die undurchdringlichen Augen des Vaters und den verführerischen Mund der Mutter geerbt hatte.

Er mußte sich um das Geschäft kümmern, um seine kleine Familie ernähren zu können. Nachdem er es geschafft hatte, sich loszureißen, stürzte er sich in seine Arbeit, noch immer voll Unterstützung seiner Geliebten, die aber, nach einer kurzen Begeisterung über ihr Muttersein, immer mehr Gefallen an der Aufbruchsstimmung in der Stadt fand, manchmal einfach aus dem Buffet verschwunden war und erst spätnachts heimkehrte. Das Verhalten seiner Geliebten störte ihn nicht, er hatte seine Aufgabe, die zu erfüllen war; seine Tochter war in ihrer Verletzlichkeit – so stellte er sich das vor – ganz auf ihn angewiesen. Als die Leute vom Theater sahen, wie gut man mit diesem Buffet verdienen konnte, erklärte man ihm eines Tages, daß man das Buffet nun selbst übernehmen werde, und ehe er noch verstand, was vor sich ging, war er es los. Noch aber hatten sich die Stellen nicht verteilt, noch gab es viele Möglichkeiten, Geld zu machen. In kürzester Zeit schon eröffnete er mit einem Freund eine Banja, die russische Art der Sauna, die gleichzeitig Bordell und Bar war. Hier mußte er nun viel arbeiten, seine Geliebte begann sich zu langweilen. Die Banja ging gut, die Männer kamen, mit der Mafia konnte man sich arrangieren; es passierte viel, die Nächte waren lang, man mußte immer nach dem Rechten sehen, da sein, zu Hause war er kaum noch. Streit begann, Einzug zu halten.

Sie hatten ein Kindermädchen, eine ältere, gutmütige Frau, eingestellt, die nun als warmer Engel des Kinderschlafs wieder ein wenig von der Stimmung ins Haus brachte, die sich unerklärlicherweise aufgelöst hatte. Seine Geliebte hatte begonnen, in einer privaten Schule zu arbeiten, in der sie esoterische Seminare für den Umgang mit Kindern organisierte, als er entdeckte, daß sie ihn betrog: Sie war die Treppe heraufgekommen, er stand unerwarteterweise in der Tür, und als er ins Stiegenhaus blickte, sah er den Sohn des Kindermädchens mit seiner Tochter im Arm auf seine Geliebte warten. Er sagte nichts, ging langsam an dem gutaussehenden jungen Mann vorbei die Stufen hinunter, bis er zu laufen begann, ohne Richtung durch die ganze Stadt rannte, die ihn, den Verlierer, in ihrer starren Schönheit auszulachen schien, und ihm in ihrer ausladenden Weite keine Möglichkeit bot, sich zu verstecken. Er betrank sich von einer Bar zur nächsten, fing mit einem Mann auf der Straße eine Schlägerei an, den er beschuldigte, ihn angestarrt zu haben, und als er im überfüllten Bus eine Frauenhand auf seinem Oberschenkel spürte, stieß er diese so heftig von sich, daß beinahe alle Stehenden umgefallen wären, so daß er bei der nächsten Haltestelle hinausgeworfen wurde, was ihn veranlaßte, noch ein Bier zu trinken, bevor er schließlich, das Gesicht voller Blut, zu Hause ankam, wo seine Geliebte auf ihn wartete und mit ihm zu reden versuchte, dem Blut keine weitere Bedeutung beimessend, erst verstand, daß er vollkommen betrunken war, als er vor ihr hinfiel, so daß ihr nichts übrigblieb, als ihn ins Bett zu bringen. Er begann ihr nachzuspionieren, wartete stundenlang, in den Ästen des großen Baumes vor dem Haus des Kindermädchens sitzend, und erfuhr schließlich leidvolle Gewißheit. Seine Banja hatte sich aufgelöst, die Forderungen der Mafia waren nicht mehr zu bezahlen gewesen; im Land begann die Zeit, da die Plätze langsam verteilt waren und mit Klauen verteidigt wurden, aber das interessierte ihn schon nicht mehr. So war die Liebe zu Ende gegangen, sie trennten sich und gingen wieder ihrer eigenen Wege.

Er arbeitete als Türsteher in Bars oder als Wächter in allen möglichen Häusern, schlief mit jeder Frau, die ihn ansprach, zog in den langen Nächten durch die Stadt.

Wenn er und seine Geliebte sich wegen des Kindes oder zu besprechender Angelegenheiten trafen und sich dabei, zufällig oder nicht, berührten, reichte das, um in ihnen wieder Verlangen auszulösen, aber die Stunden, in denen sie zusammen im Rausch der Leidenschaft versanken, wurden von Mal zu Mal weniger.

Als er an einem Abend die Kleine zurückbrachte, bot ihm seine Geliebte süßen moldawischen Wein an, sie saßen beisammen, hörten Musik, sprachen über die Welt und das Leben und, als sie schon mehr getrunken hatten, über die Liebe. Ihre Tochter kam mitten in der Nacht kurz heraus, um sich an ihren Vater zu kuscheln, der den Geruch ihres Schlafs einsog, bevor sie wieder im Bett verschwand, von dem her die wohligen Seufzer ihrer Träume noch eine Zeitlang zu hören waren. Sie tranken weiter, bis seine Geliebte in seinen Armen einschlief. Da er sich nicht bewegen wollte, um sie nicht zu wecken, saßen sie bis zum Morgen.

So waren sie wieder zusammengezogen, aber es hatte nicht lange gedauert.

Er hatte angefangen, sich mit Grafikdesign zu beschäftigen und half einem Bekannten, Logos zu entwerfen. Stundenlang saßen sie vor dem Computer und diskutierten Formen, Farben, Linien, Kompositionen. Nebenbei arbeitete er weiter in den miesen Jobs, um Geld zu verdienen. Er kaufte sich selbst einen Computer, um nächtelang davor zu sitzen und sich mit einer inhaltslosen Dimension zu vereinen. In einem Buch gefiel ihm die Art, wie der Held dieser Geschichte mit Frauen umging, und er begann, in derselben harten und kalten Weise mit den Frauen zu schlafen. Er war zufrieden, als er sah, daß den Frauen dies gefiel, doch hielt diese Zufriedenheit nicht lange an, weswegen er eine Affäre mit der Besitzerin der Bar anfing, in der er zu dieser Zeit gerade arbeitete. Er begann mit Drogen zu experimentieren und landete bei Heroin, das ihn die Möglichkeit, sich selbst genug zu sein, verwirklichen ließ. Obwohl gerade zu dieser Zeit immer Menschen um ihn herum waren, ständig Partys gefeiert wurden, brauchte er keine Menschen mehr, vermißte er nichts und niemanden. Die Droge war für ihn das Mittel, um allein sein zu können.

Allein seine Tochter mußte er sehen, berühren, mit ihr sprechen.

Ich erinnere mich, daß er mich fragte, als ich ihn in einer Bar traf, ob ich Kinder habe, da ich ein wenig am Leben gezweifelt hatte. Als ich verneinte, meinte er, das merke man.

Er war noch immer jung, und er war noch immer schön.

Seit einem Jahr nahm er kein Heroin mehr, weil es ihm die Möglichkeit nahm, seiner Tochter ein Vater zu sein. Damit aufzuhören war leichter gewesen, als er sich vorgestellt hatte.

Er zeigte mir ein Foto, auf dem er mit weit entferntem Blick und lachendem, verzerrtem Gesicht in einer Gruppe von Freunden sitzt. Hätte ich denn meiner Tochter immer ein solches Bild liefern sollen?

Wir sprachen über das Leben, die Liebe und was sonst noch wichtig sein konnte. Als wir an einem Sommerabend hinaus nach Puschkin fuhren, dem Vorort, in dem vor der Revolution berühmte Dichter gewohnt hatten, fragte er mich, als wir in der Elektritschka ganz nah und fröhlich beieinander saßen, ob ich ihn heiraten wolle, aber erst als wir, schon in Puschkin angekommen, schwarzen Kaffee ohne Zucker an einem Plastiktischchen vor einem Kiosk tranken, lehnte ich ab, plötzlich ernst geworden. Im vor Schönheit strotzenden weiten Park gingen wir spazieren, küßten uns auf Bänken und bauten Augenbrücken. Es ging ihm damals nicht wirklich gut; er war arbeitslos, hatte kein Geld, und sein Gedächtnis hatte vom Heroin die Leere behalten. Wir lachten beide, als wir, es war noch immer nicht dunkel, auf der Brüstung vor dem Schloß saßen, Zigaretten rauchten und darüber sprachen, daß, wenn er sich schon umbringen wolle, er mir vorher eine kurze Nachricht zukommen lassen solle; ich käme dann und bereitete seinem Leben ein Ende. Wir lachten und rauchten unsere Zigaretten nicht zu Ende, weil ein Kuß begann, der erst endete, als ich sein Land wenige Tage später wieder verließ.

Bald darauf nahm er das Angebot einer Freundin an, die in ihn verliebt war, und fuhr in die Hauptstadt, um dort bei einem bekannten Fotografen zu arbeiten. Diese Frau hatte in einer großen Kosmetikfirma eine wichtige Position inne, besaß eine große Wohnung, ein Auto und einflußreiche Bekannte, die sie ihm vorstellte. Er aß in den teuren Restaurants der Stadt, kaufte sich die Kleidung, die er in Illustrierten betrachtet hatte, und konnte sich nun stundenlang mit Formen, Farben, Linien und Kompositionen beschäftigen, um damit Geld zu verdienen.

Als ein Jahr später die große Wirtschaftskrise ausbrach, verließ er das Land, doch erst im Ausland begann er zu begreifen, was die Weite seiner Stadt und der Metropole, in der er zuletzt gelebt hatte, für seine Augen bedeutet hatte; welchen Einfluß die sich überall zeigende Extravaganz im Gegensatz zu der bitteren Armut, die ihn zuletzt nur mehr gelangweilt hatte, auf seine Arbeit ausgeübt hatte; wie sehr er die Melancholie, gespeist aus dem Widerspruch zwischen der glanzvollen, glorreichen Zeit des sich selbst zum Äußersten treibenden Adels und der ruhmreichen, realistischen Epoche der immer farbloser werdenden Ideale, deren Grau überall eindrang und nur die Ekstase nicht berühren konnte, genossen hatte.

Ich habe seitdem nichts mehr von ihm gehört, aber man erzählte mir, daß seine Arbeit sehr gefragt sei und sein Erfolg bei Frauen ungebrochen. Die Traurigkeit in seinen Augen sei verschwunden, man könne wohl sagen, er sei zufrieden.

Intercourse

Sonntag ist es, und Herbst. Kühler Sonntag nachmittag, an dem wir uns getroffen haben. Just like that. Er streichelt über meine nackten Brüste. Das Leintuch ist zerwühlt, und auch die Flecken darauf stören nicht. Das Licht ist seltsam warm, Herbstlicht. Der Sommer ist schon zu Ende gegangen, mit all seinen Vorgaben, Verlangen, Forderungen und Sehnsüchten. Jetzt ist es nur mehr der Herbst.

Er neigt sich vor und küßt meine rechte Brustwarze, die sich sofort aufstellt. Als ich mich zu ihm hinunterbeuge, sehe ich die kleinen, bräunlichen Runzeln. *Du beobachtest mich? Du beobachtest mich, als ob ich ein Insekt wäre*, aus der Frage wird eine Feststellung, aber ich sehe zum Fenster hinaus, spüre schon den Geruch der Hörsäle in meiner Nase und höre das Blättern in den Büchern. Ich sehe mich im Hof der Universität sitzen und an den Typen aus der Vorlesung denken. Ich sehe mich in die kahler werdenden Bäume starren und Hegels Logik den Baum entkleiden, bis er nicht mehr da ist. Ich sehe die Zigarette hinunterbrennen und jemanden an mir vorbeigehen, über den ich grübele, wo ich ihn schon getroffen habe. *Nein, ich sehe dich nicht an wie ein Insekt, nein, nein, warum glaubst du das?* Sein Blick ist aufmerksam, die Farbe seiner Augen ist in diesem Moment grünbraun. Seine Lippen sind warm, weich und naß und zu einem solchen Ausdruck geformt, daß ich sie nur mehr küssen möchte, küssen, küssen, küssen, ohne aufzuhören, weil ich ihn dann erkennen könnte und nichts umsonst gewesen wäre.

Aber ich kenne dieses Gefühl und weiß, daß es nur Illusion ist. Ich beuge mich nicht vor, aber spüre wieder etwas Warmes, Weiches über meine Warzen streichen, spüre etwas Nasses und schließe die Augen, nur kurz, da kann mir nichts passieren. Das Gefühl ist so vertraut, das leise Anklopfen eines anderen bei mir – einer, der nicht Einlaß begehrt, das Tor auch nicht zu suchen braucht, sondern sofort aufmacht und einfach da ist.

Ich streiche mit der Hand über seine Haare, verliere mich kurz in ihnen, bis meine suchende Hand den Weg durch das Haar wieder findet.

Die Blätter rauschen vor dem Fenster.

Von irgendwoher höre ich Stimmen, Kinder, die sich etwas zurufen, aber ich höre ihnen nicht zu. Die Stimmen allein sind genug.

Er sieht wieder auf. Ich merke es und öffne im selben Augenblick die Augen. *Gefällt dir das? Ja, sicher*, antworte ich mit einem selbstbewußten Lächeln. Er lächelt auch, aber aus einer ganz anderen Welt.

Der Geruch des Spermas hat sich mit dem der Scheidenflüssigkeit vermischt und sich im ganzen Zimmer ausgebreitet.

Er legt seinen Kopf auf meine Brust und zieht die Beine an. Ich lege meinen Arm um ihn und streichle langsam rhythmisch seinen Rücken. Hier ist eine Pore, hier ein Muttermal.

Weißt du, solche Sonntagnachmittage sind etwas Seltenes. Man muß nicht arbeiten, man genießt die Zeit. An den nächsten Tag denkt man nicht, weil man nur in diesem lebt. Man läßt Gedanken durch sich wandern, sie bleiben stehen, sie ziehen weiter, man hält sie nicht fest, weiß nur, daß sie wichtig sind.

In meinem Kopf ist plötzlich das Bild von einem Mann und mir, wie wir vor einiger Zeit durch die Straßen einer ruhigen kleinen Stadt liefen. Auch auf diesem Bild ist es ein später Herbstnachmittag. Wir halten uns an den Händen und klauben Nüsse vom Boden auf. Manche liegen noch weiß in der grünen, klebrigen Schale, deren Saft einen starken Geruch verströmt. Andere aber sind schon reif, hellbraune, frische Nüsse, die knacken wir auf, um begierig die Frucht zu essen. Gerade eben erst auf den Boden gefallen und gar nicht lange liegengeblieben.

Woran denkst du jetzt? möchte ich fragen, als sich das Bild plötzlich verzerrt und zu einer grobkörnigen Fotoaufnahme wird. *Ach, an nichts Bestimmtes.* Und mir fällt auf, wie wenig ich verstanden habe, was er vorhin gesagt hat, wenn ich jetzt diese Frage stelle.

Woran denkst du jetzt? Draußen fallen die Blätter. Die Universität wird bald wieder beginnen. Ich muß inskribieren. Die Menschen sind vom Urlaub zurückgekehrt, um die Welt von neuem zu erobern. Früher, zu Beginn der Schulzeit, mußten Hefte gekauft werden, man traf sich in den Papierhandlungen der Stadt.

Seine Hände streicheln meine Oberschenkel entlang. Ich sehe sein Gesicht nicht, aber ich weiß genau, wie es in diesem Moment aussieht. Es ist konzentriert und interessiert, in seinen Augen verbirgt sich etwas, sie sind voll mit einem Gefühl, das ich Liebe nenne. Mein Herz tut sich auf, wenn ich in diese Augen sehe. Leere Worte, denke ich. Er richtet sich auf und sieht mich mit genau diesen Augen an, warm, grünbraun und der Zug auf den Lippen, den ich nie erklären können will. Mein Herz öffnet sich weit. Er küßt mich kurz und sanft. Irgend etwas in mir schmilzt. Schmilzt einfach weg. Ich sehe uns zusammen Hand in Hand durch die Uniarkaden gehen, kaum jemand ist da, das Semester hat noch nicht begonnen. Wir gehen und hören die Blätter fallen.

Ich beuge mich vor und küsse ihn langsam, öffne seine Lippen mit der Weichheit meiner Lippen und spüre, wie die Wärme in meinen Mund kriecht, wie sie sich ausbreitet, wie sein Körper immer näher rückt, das Spiel unserer Zungen.

Es ist gut so. Kein Sonnenstrahl hätte zwischen uns Platz, der Wind fegt die Fensterläden auf und zwischen uns durch. Wir reißen uns zusammen. *Es wird Herbst*, sagt er und legt seinen Kopf auf meine Schulter.

Showtime

> Showtime now is getting nearer
> and I'm getting scared
> wish I could see in the mirror
> if I'm all prepared.
>
> Ween, *I'm Dancing in the Show Tonight*

Als sie den Telefonhörer abhebt, um die Nummer zu wählen, ist es das helle Sonnenlicht im Zimmer, das alles so warm und weich macht wie die Tränen auf ihren Wangen.

Q. ruft A. an, um sich etwas für den Abend auszumachen. Kurz ist das Telefonat, später dann könne man über alles reden, vielleicht.

Q. bleibt auf der Couch sitzen, der Ton der Stimme A.s klingt noch im Raum.

Und dann kommen neue Morgentränen, gegen die sie nichts tun kann, die ihr die Wangen hinunter laufen, in den Augen unerträglich brennend, und sie läßt sie laufen, denn je weniger Tränen in ihr sind, desto besser kann sie atmen, tief durchatmen, desto besser sieht sie, mehr Platz und freiere Sicht für das Leben. Alles tut ihr weh, innen drinnen, für niemanden sichtbar, tut ihr alles weh, wie nach viel Sport, nach langem Laufen, nach vielen Situps. Sie schluchzt, als der Film in ihrem Kopf beginnt, gegen den das sonnenbestrahlte Zimmer bloß eine Kulisse ist. Diese Bilder ..., diese Farben ..., berühr mich, bleib hier bei mir, verlaß mich nicht, halt mich fest. Mit einer Handbewegung wischt sie die Bilder weg, nimmt sich eine Zigarette aus der Packung, zündet sie an, inhaliert. Tränen verlassen noch die Augen. Stumpf und stechend der Schmerz, geborgen im wärmenden, beruhigenden Rauch der Zigarette.

Eine Weile sitzt sie so, eine Zigarette nach der anderen rauchend, bis die Tränen genug aus ihr herausgeschwemmt haben, um aufstehen zu können.

Dann geht sie ins Badezimmer und wäscht sich so lange das Gesicht mit kaltem Wasser, daß man nur beim aufmerksamen Hinsehen merkt, daß sie geweint hat.

Sie schaltet den Computer ein und beginnt sich per ICQ mit Peter, Andrea, Johnny, Laura zu unterhalten, bis sie zur Arbeit muß.

Q. arbeitet am Westbahnhof.

Menschen kommen und fahren.

Sandler mit Weinflaschen hängen herum.

Geschäftsleute kaufen etwas zu essen.

Q. lächelt automatisch, die Hände zittern nicht mehr wie zu Beginn der Arbeit, die Rolle *Fastfoodkettenmitarbeiterin* hat sie bis zum letzten Punkt perfektioniert. Als Q. sich dabei ertappt, wie sie über den Witz eines Kunden lacht, wundert sie sich, *aha, auch das ist möglich, lachen*, und fällt damit zurück und hinein in das turbulente Leben am Westbahnhof, scherzt mit dem jungen, hübschen Burschen, Peter, dessen Chefin sie vorübergehend ist, hört sich interessiert Barbaras Erlebnisse der vorangegangenen Nacht an, nimmt Komplimente von Kunden in sich auf, lacht, kitzelt Barbara, macht sich über Peter lustig. Plötzlich aber – noch während der Mann im dunklen Anzug und mit Sonnenbrille ihr erklärt, wie lieb ihr Lächeln ist und wie schön ihre Augen – spürt sie einen Stich in der Brust. Der Schmerz ist gleich wieder weg, und als sie dem Mann hinterher sieht, tut es nur mehr irgendwie und irgendwo weh. Seine Komplimente würde sie brauchen, sein »Deswegen liebe ich dich« möchte sie hören, und nicht die schönen Worte unbekannter Männer ohne Geschichte. Vielleicht, wenn all diese Männer des heutigen Tages in einer Woche, in zwei, in einem Monat, in einem halben Jahr wiederkämen, vielleicht hätten sie dann eine Chance, und sie könnten sie fragen, »Wann haben Sie denn aus? Wollen Sie mit mir noch etwas trinken gehen?« Vielleicht würde sie dann zustimmen, weil sie wieder an eine Möglichkeit glauben würde, oder weil sie nichts anderes vorhat, oder weil sie wieder jemanden verführen will, nicht ihn, irgend jemanden.

Als nichts zu tun ist und sie nur die Vorüberhastenden betrachtet, an nichts Bestimmtes denkt, erschrickt sie, weil er den Platz vor dem Geschäft überquert. Sie bleibt bewegungslos in derselben

Position, nicht wissend, was sie tun soll, sich verstecken, wegschauen, ihm nachrufen, er weiß doch, daß sie hier arbeitet, ihr Körper beginnt zu zittern, doch all ihre Aufmerksamkeit ist auf die Bewegung des Mannes, nur wenige Meter von ihr entfernt, gerichtet, und sie versucht nicht einmal, ihren Körper wieder unter Kontrolle zu bringen. »He, Q.; was ist los?« fragt eine Stimme neben ihr, »ist Leonardo di Caprio endlich angekommen?« Q. zuckt, dreht sich zu Barbara, »Leonardo di Caprio? Spinnst du? Stehst du denn auf Leonardo di Caprio?«

In dem kurzen Moment, zwischen dem Erklingen der Stimme Barbaras und dem Wenden des Kopfes in ihre Richtung, hat sie ganz deutlich gesehen, daß es nicht er ist, der jetzt im Geschäft auf der gegenüberliegenden Seite einkauft.

»Leonardo di Caprio!« Sie schüttelt den Kopf.

»Ich finde Leonardo di Caprio süß«, sagt Barbara.

»Aber wer will süße Männer?!«

»Du willst ja sowieso nur T.«

»Ja«, seufzt Q., »ja, ich will T.« Sie verzieht ihr Gesicht zu dem einer trotzigen Dreijährigen, winselt, »ich T. haben, ich T. haben«.

Barbara lacht. »Und ich Leonardo di Caprio.«

Eine Ladung von Rucksacktouristen taucht vor ihnen auf. Q. und Barbara sehen sich seufzend an, während sie ihre dünnen Plastikhandschuhe über die Hände ziehen.

Um acht Uhr kommt Elena. Q. zieht sich in der engen Garderobe die Arbeitskleidung aus und eine schwarze Hose sowie ein enges schwarzes Top an, schminkt sich sorgfältig, richtet ihre Haare und geht wieder in den Shop, um auf A. zu warten, die sich für halb neun angekündigt hat. A. kommt nicht. Q. schimpft, flucht, nennt A. alles mögliche, während sie mit Barbara über T. redet und über Barbaras Beziehung mit einem 40jährigen verheirateten Mann. Das Fluchen tut ihr gut, sie fühlt sich wohl, aber mit dem Vergehen der Zeit arbeitet sich dieses Gefühl wieder vor, von dem sie irgendwann dachte, es nie mehr ertragen zu müssen. Durch T. zeigte es sich das erste Mal wieder, und auch jetzt, in diesen Momenten des Wartens, versucht es mit aller Gewalt, sie in Besitz zu nehmen. Um es dort zu halten, wo es hingehört, das Gefühl, nicht gewollt zu werden, nicht gebraucht, überflüssiger Dreck im Pool der Menschen und ihrer Welt, Ausschußware zu sein, redet Q. schneller, lacht sie öfter und lauter.

Fünfzehn Minuten nach neun sieht sie A. von weitem auf das Geschäft zusteuern, für diesen kurzen Augenblick lang ist in ihr Erleichterung. A. entschuldigt sich aufgeregt, daß sie mit der U-Bahn in die falsche Richtung gefahren sei, daß es ihr leid tue, daß sie so spät komme. Q. sagt nicht viel, A. redet umso mehr, daß sie jetzt einen Kaffee trinken müsse, um langsam in Stimmung zu kommen, und ob Q. eine Zigarette habe, zum Kaffee, sie habe seit

Stunden nicht mehr geraucht und sei deswegen kaum ansprechbar.

Q. geht zurück, kommt mit zwei großen Plastikbechern wieder.

Sie stellen sich zu einem der hohen runden Tische.

»Wie lange wartest du schon?«

»Seit acht, um acht war mein Dienst zu Ende.«

»Ich mußte bis halb neun arbeiten, habe ich das nicht gesagt?«

»Nein, doch, ich weiß nicht, ach so, deswegen die Geschichte mit der U-Bahn, und ich habe mich schon gewundert.«

»Wo willst du denn hingehen?«

»Irgendwohin, wo es nicht zu laut und nicht zu leise ist. Irgendwohin, wo ich noch nie war.«

A. schlägt ein Lokal vor, Q. stimmt zu, die Einigung ging ungewöhnlich schnell vor sich.

Sie gehen zur U-Bahn, und Q. fängt – um die Tatsachenberichterstattung hinter sich zu bringen – schon jetzt an zu erzählen, zwischen den Menschen auf dem Bahnsteig, zwischen den müden und aufmerksamen Blicken in der U-Bahn erzählt sie von T. und wie nichts mehr sei, und daß er eine andere habe, und erzählt auch, daß er in einer Krise sei. In dieser Umgebung verliert die Geschichte an Schwere, fügt sich ein in die Abendgestaltung. Sie erzählt weiter, erzählt am Weg von der U-Bahnstation in das Lokal davon, was ihm fehle, und daß er das auch wisse, und daß er das, was er jetzt tue, schon oft getan habe, Wiederholung, und aus dieser Wiederholungsschleife einmal heraus müsse, aber sie habe nicht die Kraft dazu, das durchzuhalten, ein halbes Jahr würde das noch dauern, so weitergehen, und sie habe das satt, weil schließlich habe sie das schon ein anderes Mal erfolglos probiert, und sie wolle nicht noch einmal und wolle nicht mehr.

Damit ist alles gesagt, worüber Q. froh ist; jetzt braucht sie nur mehr zu sitzen, zu trinken, zuzuhören. Die Fakten sind berichtet, die Geschichte erzählt, in den Raum gesprochen, wieder einmal.

Das Lokal ist voller Menschen und zu laut für Gespräche, also beschließen sie, in ein anderes in der Nähe zu gehen, in dem Musik nur leise im Hintergrund tönt.

Es ist fast leer. Sie bestellen jede ein Viertel Weißwein, und dann sitzen sie, trinken, rauchen, sehen sich die wenigen Leute an, schauen Neueintretenden beim Platzsuchen und Niedersetzen und Bestellen zu.

»Ich kann nicht mehr reden«, sagt A. »Ich kann nicht mehr in Lokale gehen und sitzen und reden müssen, immer reden, viel reden, über alles mögliche reden. Ich kann das nicht mehr, obwohl ich früher nichts anderes gemacht habe.«

»Entschuldige«, unterbricht Q., »wir müssen nicht reden. Es gibt sowieso nichts mehr zu erzählen.«

»Nein, nein, du hast mich falsch verstanden. Ich höre dir gerne zu. Erzähl nur. Obwohl ich das

Gefühl habe, daß ich für solche Gespräche nicht die Richtige bin. Für Schlußmachengespräche. Für Jemand-muß-sein-Leben-ändern-Gespräche. Für die Dramatik eines Endes, auch wenn es meiner Meinung nach nicht klar ist, ob es wirklich vorbei ist.«

»Natürlich ist es beendet. Ich halte das nicht aus. Ich werde das nicht noch einmal durchmachen.«

Sie schweigen einige Momente.

Dann sagt A.:«Ich ertrage dieses dumpfe Gefühl nicht, diese Ausweglosigkeit, das Wissen darum, daß es eigentlich nichts mehr geben kann, aber man diesen Mann doch gern hat. Dieses Gefühl macht mich wahnsinnig. Nach deinem Anruf heute hatte ich den ganzen Tag ein nagendes Gefühl in mir, Angst vor irgend etwas, und jetzt sitze ich hier mit dir, aber ich kann über diese Sache nicht mehr sprechen. Ich will diese Dumpfheit nicht zulassen.«

»Ich verstehe, was du meinst«, erwidert Q. tonlos.

»Vielleicht kann ich das alles nicht mehr verstehen, weil ich durchs Feuer gegangen bin.«

»Aber das bin ich doch auch!« sagt Q.

»Meinst du?« A. lächelt seltsam.

Q.s erster Freund machte nach einer Woche Beziehungspause Schluß. Sie drehte durch, schrie und heulte, und da waren nur sie beide, A. und Q., im grünen Herbstgras in der Nähe des Kinderspielplatzes des Hauses, in dem er wohnte. A. war vollkommen hilflos, während sie Q. beim Toben zusah. Und Q. sah nichts in diesen Tränen, und weinte und hatte verloren.

In der Zeit, die darauf folgte, hielt sich Q. an A. fest. Sie verbrachten fast ihre ganze Freizeit miteinander. Q. war allein mit diesem Ende. Sie erinnert sich, daß sie vor dieser Einsamkeit oft zurückschreckte, wenn sie A. bei endlosen Diskussionen über Gott und die Welt plötzlich zusah, anstatt mittendrin zu sein. Doch diese Einsamkeit war leichter zu zweit zu ertragen, und die Nähe zwischen ihnen war nur durch diese möglich gewesen und verlor sich wieder bei den vielen Partys des darauffolgenden Frühlings, bei denen sie sich oft nicht mehr fanden oder angenehm betrunken im Gras lagen.

Q.s. zweite wirkliche Beziehung zerbrach langsam. Das Ende war nicht so schmerzhaft wie die Zeit davor. Das Ende bedeutete eine Befreiung, den Schritt hinaus, ein Tritt in den Teil ihres Ichs, den sie zum Leben nicht brauchte.

Über dieses Ende sprachen A. und Q. kaum miteinander, weil A. zu dem Zeitpunkt sehr mit ihrem eigenen Leben beschäftigt war.

Irgendwann hatte das begonnen, auch nach außen hin deutlich sichtbar, das mit dem *eigenen* Leben.

Q. erinnert sich an stundenlange Telefongespräche über Vorfälle, über neue Geschichten, über neue Verletzungen, über Gespräche, über einzelne Wörter, über das, was weh tat, und warum es weh tat, und warum alles so war, wie es war. Q. konnte sich nicht mehr vorstellen, daß man sich stundenlang über dasselbe unterhält. Und das Leid und die Trauer, die in jenen Gesprächen ihren Ausdruck fanden, waren weit weg.

Als A.s langjährige Beziehung schließlich ein Ende nahm, konnten sie darüber schon nicht mehr sprechen, aber es gab auch nichts mehr zu bereden.

»Auf eine gewisse Weise verstehe ich das, was T. macht. Ich verstehe dich, aber ihn verstehe ich auch. Wenn man sich nah ist, will man manchmal einfach weg, man will dem anderen weh tun, ganz fürchterlich weh tun, damit Distanz entsteht, damit man nachher die Nähe wieder genießen kann«, sagt A.

»Das verstehe ich auch. Aber es zerstört so vieles. Wir waren uns wirklich nah, und diese Nähe war schön. Wieso muß man das vernichten? Wieso kann man nicht einfach sagen, okay, sehen wir uns ein paar Wochen nicht? Warum muß man etwas tun? Und warum muß man es so tun, daß der andere auf jeden Fall alles mitbekommt, das Handy abrufbereit, so daß ich beim Ficken zuhören kann?«

»Weil das radikaler ist. Weil das die Nähe wirksamer zerstört. Weil man die Menschen, die man gern hat, auch quälen will.«

»Kannst du dir diese Nacht vorstellen? Kannst du dir vorstellen, wie ich mich gefühlt habe? Er hat am Telefon gesagt, daß er mich sehen will. Das war nach dem Tag, an dem er schon mit der anderen geschlafen hat. Ich habe abgelehnt, er hat erklärt, daß er sich mit ihr nur treffen würde, um die ganze Sache zu bereinigen, um zu klären, und daß er mich nach dem Treffen zurückrufen würde. Ich sagte, aber du weißt doch, wie das ablaufen wird, du weißt doch, daß du nichts klären, sondern mit ihr schlafen wirst. Und er sagte nur, nein, nein, würde er nicht. Und ich habe die ganze Nacht gewartet und war vollkommen fertig, konnte nicht schlafen, habe die ganze Nacht nicht geschlafen, und er hat nicht angerufen.«

Sie schweigen.

»Wieso bist du nicht weggegangen?«

Q. sieht A. verständnislos an.

»Was hätte das geändert? Er hätte trotzdem nicht angerufen.«

»Aber du wärst weg gewesen, hättest vielleicht einen aufregenden Abend verbracht, und es hätte dir nicht so viel ausgemacht, daß er nicht angerufen hat.«

»Nein, das hätte überhaupt nichts geändert. Und ich wollte auch nicht weggehen.«

Plötzlich steht das Warten mitten im Raum. Es ist das Warten A.s auf den Telefonanruf ihres damaligen Freundes. A. und Q. telefonierten in dieser Woche des Wartens oft miteinander, sie sprachen und diskutierten und malten sich aus, was geschehen sein könnte, gerade in dem Moment des Gesprächs vorfiel, und beruhigten einander. Jenes Warten war ein ganz anderes gewesen als jenes auf Anrufe von anderen Männern später, nach ihm. Und jetzt ist das Warten in all seiner Ausgedehntheit wieder da, nichts hat Platz neben diesem Warten, das träge Vergehen der Zeit, das Vorstellen des Klingelns, der Stillstand jeglicher Zeit, die Finger tippen die Ziffern wieder und wieder, die Menschen werden nervös, das Freizeichen tönt durch die Tischreihen, klopft bei den Sesseln an, läßt die Menschen verwundert von ihren Gläsern aufblicken, doch nach einigen Tagen rief sie nicht mehr an, fand sie sich in das Warten hinein, die Gäste hören auf, mit den Beinen zu wippen und an ihren Fingernägeln zu kauen, doch sie schweigen, in dem Lokal geht in vollkommener Stille der normale Ablauf weiter – das Warten war keine Aktivität mehr, sondern eine Lebenshaltung. Schließlich ertönte seine Stimme, doch niemand erwartete mehr seinen Anruf, und so sah kaum einer auf; sie war weder überrascht noch erleichtert, noch glücklich darüber, sondern es war einfach so gekommen. Die Menschen nahmen ihre Gespräche wieder auf, tranken aus ihren Gläsern, zündeten sich Zigaretten an, erzählten wieder, als wäre nichts passiert.

»Wir müssen nicht darüber reden, wenn du nicht willst«, fügt Q. hinzu, »wichtig ist nur, daß du hier bist.«

»Es ist ein bißchen schwierig für mich, weil ich eure Beziehung nur schlecht kenne. Ich kann es mir einfach nicht vorstellen.«

»Glaubst du, daß ich es mir vorstellen kann? Ich hätte nie gedacht, daß es so sein könnte, daß er mich absichtlich so verletzen würde, daß er mich quält und ihm dieses Mich-Quälen gefällt. Ich dachte, ich wäre über so etwas hinweg, ich dachte, mit T. würde mir so etwas nicht passieren. Wie kann sich ein Mensch so ändern? Oder hat er sich nicht geändert, und ich war blind? War ich so blind? Sehe ich die Menschen nicht? Lebe ich in einer Traumwelt?«

»Man kann nie wissen, was passiert, wie sich ein Mensch entwickelt, wie er sich in einer bestimmten Situation verhält. Wenn man verliebt ist, ist man nett und freundlich, holt dem anderen die Sterne vom Himmel, aber die Verliebtheit geht vorbei, vielleicht auch die Liebe, wenn es sie gab, und plötzlich macht man dem anderen das Leben zur Hölle, behandelt ihn wie den letzten Dreck. Du weißt, was ich meine. Kann man das voraussehen? Kann man wissen, wie jemand ist, wenn er einen nicht mehr liebt?«

»Aber wozu lasse ich mich dann auf eine Beziehung ein? Wozu versuche ich dann alles mögliche, arbeite an einer Beziehung, wir erreichen etwas, und dann, wenn der andere nicht mehr will, bums, werde ich behandelt wie von anderen, werde ich nicht mehr respektiert, *bin* ich nicht mehr. Gott, ich fühle mich wie das Letzte vom Letzten, minderwertig, ausgetauscht, abserviert; du warst, und jetzt ist die andere, und ich kann mit dir machen, was ich will. Ich gehe herum und frage die Leute, warum sie mich mögen.«

»Wirklich? Das würde ich auch gerne machen, aber ich traue mich nicht.«

»Ich tue es, und man hört einiges, aber was bedeutet das, was sie sagen? Trotz all dieser schönen Eigenschaften, die ich angeblich besitze, wurde ich einfach ersetzt. Wie nett ich auch lächeln kann, wie leidenschaftlich ich auch bin, wie sehr oder warum mich auch die anderen mögen, ich wurde ausgetauscht, und das war's.«

»Aber dieses Ersetzen ist doch weniger von dir als Person abhängig als davon, wie T. ist. Du hast doch vorhin gesagt, daß er das bis jetzt immer so gemacht hat.«

»Aber wie kann er das mit mir machen? Und waren wir nicht schon weiter? Waren wir nicht schon woanders? Und warum habe ich nicht erkannt, daß er so ist? Daß er auch mit mir so verfahren kann?«

»Weil man das nicht voraussehen kann. Man kann einfach nicht. Du kannst es nicht. Niemand könnte das.«

»Aber die, die ihn schon länger kennen, wundern sich nicht. Die sagen einfach, der T. war immer so.«

»Die sind ihm doch auch nicht so nahe gewesen, wie du das bist, warst.«

Q. sieht A. verwundert an. »Ist das schon Vergangenheit?«

A. antwortet nicht.

In Q. verwandelt sich das Wort *gewesen* in verschiedene Gestalten. Es wird bunt, neonfarben und beginnt zu tanzen und zu singen, »ich bin gewesen; ich bin gewesen, tralalala, gewesen bin ich, gewesen bin ich, tralalala«. Mitten in das Wort GEWESEN hinein springt T., sieht Q. mit verträumten Augen an und sagt ihren Namen, leise und zärtlich. Sofort sind die Buchstaben verschwunden, Ruhe ist in dem Bild, in einem strahlenden, weißen, dimensionslosen Raum sieht T. Q. an. »Willst du noch etwas trinken oder gehen wir ins *Girard*?« hört sie A.s Stimme, das Bild verblaßt in Sekundenschnelle.

Q. sieht auf ihr Glas, in dem noch Wein ist. A. beginnt einen Monolog über ihre Arbeit, der Q. nicht unangenehm ist, weil sie dadurch nur zuzuhören braucht und sich in dem Fluß der Rede treiben lassen kann, mehr als »ja?«, »aha«, »und wieso?« wird von ihr nicht verlangt.

Sie zahlen, die Straße ist angenehm leer, warm ist es und samtig die Luft, sie betreten ein anderes Lokal. Leise Partystimmung kommt ihnen entgegen, Menschen stehen an der Bar oder sitzen in den Bänken, laute lateinamerikanische Musik, das Licht ist wie warmes, weiches grünes Wasser, sie bestellen Weißwein an der Bar, setzen sich auf die lange Lederbank, atmen beide tief, saugen die Sommerluft ein, hier müssen sie nicht reden, wenn sie nicht wollen, hier können sie schauen, im Licht schwimmen, auf den Wellen der Musik schaukeln, zuhören, mit den Beinen wippen.

Ein Typ neben Q. gibt ihnen einen Flyer und erklärt ihnen lang und breit, um welche Veranstaltung es sich handle und was er dort mache, und der Eintritt koste wirklich nicht viel, er bekomme kein Geld fürs Spielen, früher sei die Veranstaltung im Kunstraum gewesen, aber das gehe jetzt nicht mehr, und dieser andere Klub sei viel kleiner, aber gemütlich, ach so, du bist schon dort gewesen, ja, wenn ihr morgen nichts Besseres vorhabt, dann schaut doch vorbei.

Ja, vielleicht.

Q. hofft die ganze Zeit, daß das Gespräch gleich vorbei ist, weil sie ihr Lächeln nicht mehr lange halten kann, weil sie sich während dieser kurzen Zeit des Wortwechsels fürchterlich langweilt, eine gewisse Irritation in ihr hochkommt, die sie in letzter Zeit bei vielen Gesprächen mit Menschen erfährt, ein Gefühl der beißenden Unruhe in ihr, immer das Ende des Gesprächs erhoffend, herbeisehnend, selbst wenn sie es selbst angefangen hat. Bei A. spürt sie das nicht, da ist im Gegenteil der Wunsch, diese widersprüchliche Ruhe zu vertreiben, diese träge, dumpfe Tragik aufzulösen, zu schreien, zu tanzen, nicht zuviel zu trinken, um zu vermeiden, daß sie nichts mehr will außer nach Hause oder auf einer Bank zu liegen und nur zuzuschauen, aber genug zu trinken, um die ungerufenen Geister zu vertreiben.

Als sie beide das letzte Mal zusammen tranken, entstand kein Rausch, sondern nur blanke Betrunkenheit, die Wiederholung lang vergangener Nächte, die wild, zärtlich, leidenschaftlich gewesen waren, in denen die Luft vibriert hatte, und jedes Wort ihres Gesprächs sicher und selbstverständlich ganz nah am Abgrund, sich an den Händen haltend, konnten sie jeden Moment springen, die Hände der anderen waren der Fallschirm für den Sprung, und in der atemberaubenden Schärfe des Flugs hatten sie alles gesehen, was sie begeisterte und ihr Feuer am Leben hielt, alle Wörter und Kombinationen waren erlaubt, jeder Ton konnte sich im weiten Raum entfalten, wobei für das Möglichwerden eines solchen Raumes in jenen Nächten Distanz, die Akzeptanz einer jeglichen Schleife des anderen Lebens, notwendig war, harter Kampf für sich und gegen sich, für die andere und gegen sie.

Wegen dieser Nacht zögerte sie, A. anzurufen; die anderen Nächte im Kopf, wählte sie schließlich ihre Nummer.

Auf der Leinwand des Lokals wird ohne Ton, aber mit Untertiteln ein bekannter Film gezeigt. Ein Mädchen zündet sich gerade eine Zigarette an der anderen an, während sie, Kaugummi kauend, nach vorne starrt.

»Ich habe das Gefühl, du bist irgendwo steckengeblieben. Das ist mir das letzte Mal schon aufgefallen«, sagt A.

»Wie meinst du das?« fragt Q.

A. zögert einen Moment. »Zum Beispiel deine Arbeit. Als du vor einem Jahr mit diesem Job angefangen hast, war das eine Befreiung, war das ein Schritt hinaus aus vergangenem Dreck. Aber jetzt bist du süchtig geworden, brauchst die Arbeit, aber hast keine Möglichkeit, damit irgendwohin zu kommen.«

»Ja, mit der Arbeit hast du recht. Aber sonst? Mit T. gab es immer eine Entwicklung, wir haben die

Beziehung weitergetrieben. Ich habe mich weitergetrieben. Es war er, der Angst hatte, daß ich plötzlich zu weit weg von ihm bin, bei diesen Partys, bei denen ich lange mit anderen Typen geredet habe. Ich war gerade an dem Punkt, wo ich dachte, daß mich alle mögen, wo ich mich mit mir selbst, in mir selbst, gut fühlte, die Leute, die ich treffe, die Arbeit, alles mögliche.«

»Aber dieses Gefühl kannst du dir doch durch T. nicht zerstören lassen! T. hat nichts zu tun mit den anderen Dingen deines Lebens. Dein Leben besteht ja nicht nur aus T. Dein Leben hat nie nur aus T. bestanden.«

»Aber T. hat mir gezeigt, daß alles auch ganz anders sein könnte. Ich habe mich mit T. wohl gefühlt, ich dachte, es sei alles in Ordnung, aber ich habe mich geirrt.«

Sie schauen wieder auf die Leinwand. Das Mädchen sieht noch immer konzentriert nach vorne, raucht, kaut Kaugummi, wechselt die Kassetten im Autoradio, während ihr Fahrgast, eine durchgestylte Managerin, versucht, sich mit ihr zu unterhalten.

»Wie gefällt dir das Lokal?« fragt A.

»Gut, ich kann mich jetzt auch erinnern, daß ich schon einmal hier war, bei der Party einer Bekannten.«

Damals war noch alles in Ordnung. Sie sieht die lachenden Gesichter vor sich, hört Wortfetzen aus Gesprächen, sieht ihr eigenes lachendes Gesicht unter all den anderen und ihr Sich-Bewegen unter all diesen fröhlichen Leuten. Was T. an diesem Abend machte, weiß sie nicht, aber es war ihr damals auch nicht wichtig.

»Vor drei Wochen waren wir noch zusammen bei einem Fest im *Quarks*. Wir haben uns benommen wie frisch Verliebte, wild getanzt, geschmust.«

Hier, in dem warmen, weichen grünen Licht sieht es bezaubernd aus, wie sie zusammen tanzen, lachen, versuchen, auch das Pärchen, mit dem sie unterwegs sind, auf die Tanzfläche zu bekommen, den anderen immer wieder begierig ansehen, sich berühren.

Aus dem Grauen ist Traurigkeit über das Gewesene geworden, die Tränen vermischen sich mit dem Wasser, und wir sitzen inmitten zirpender Insekten und sehen den Blättern der Seerosen zu, wie sie den Fluß hinuntertreiben.

Ein paar haben angefangen, zu den griechischen, jiddischen, russischen Volksliedern zu tanzen. Auf der Leinwand ist die Episode in New York zu sehen, über einen Taxifahrer, der nicht Auto fahren kann und der zu seinem Fahrgast, »Bitte, bitte, steigen Sie nicht aus. Es ist wichtig für mich, daß Sie bleiben« sagt, und weil dieser heil und bald nach Brooklyn kommen will, setzt der sich – nach einem langen Blick auf den Immigranten aus Ostdeutschland – selbst hinter das Steuer. Straßen ziehen vorüber, Helmut und Yoyo kommen sich kurz näher, man sieht die brennenden Tonnen der Suburbs von New York, als Helmut sich auf dem Rückweg verirrt.

Q. und A. beobachten die Tanzenden. Zwei junge Mädchen springen ausgelassen herum, die Männer stehen im Kreis und klatschen in die Hände.

»Willst du noch etwas trinken?« fragt Q. »Ich lade dich ein.«

»Ja, Gin Tonic hätte ich gerne, aber das ist teuer.«

»Ich lade dich ein. Wenn du einen Gin Tonic willst, dann hol dir einen.« A. springt auf und holt sich ein Glas. Sie rauchen und schauen auf die Tanzenden.

»Du bist so gelassen«, sagt A., ein wenig verträumt und bewundernd.

»Gelassen?«

»Ja, als könne dir nichts etwas anhaben, in dich selbst versunken, eine unwiderstehliche Form von Schönheit.« Q. lächelt ironisch. Sie schauen auf die Leinwand, auf der immer wieder Straßen vorüberziehen, in diesem Moment die Häuser im nächtlichen Rom. Als Benigni seine Sonnenbrille abnimmt, versinken sie kurz in seinen Augen, bevor er zu erzählen beginnt, und der Priester stirbt, weil er die ausladenden Beschreibungen über Sex mit Kürbissen, Schafen und der Frau des Bruders nicht erträgt. Am Schluß dieser Geschichte setzt Benigni dem toten Priester auf der Parkbank seine Sonnenbrille auf.

»Das letzte Mal, als wir uns gesehen haben, gab es Szenen wie in einem Film«, beginnt Q. wieder. »Er hat geweint, und ich habe geweint, und vor der Tür umarmten wir uns und sagten beide, ich lasse dich nicht los, ich kann dich nicht loslassen, aber wir müssen doch, aber ich muß doch, und schließlich ist er dann gegangen.«

Die letzte Episode spielt im verschneiten Helsinki. Die Straßen sind leer, drei Betrunkene warten darauf, heimgebracht zu werden, und nachdem zwei von ihnen dem Taxifahrer erzählt haben, warum ihr Kollege sich so betrunken habe, und dachten, dies sei eine traurige Geschichte, erzählt der Taxifahrer Mika mit stoischem Gesichtsausdruck eine wirklich traurige Geschichte, die die seine ist. Mika fährt weiter. Der betrunkenste Kollege steht kurz auf der leeren Straße, er setzt sich, versucht wieder aufzustehen, es wird Morgen in Helsinki.

A. holt sich noch einen Gin Tonic auf Q.s Kosten, Q. noch ein Glas Weißwein. Die Tanzenden werden immer ausgelassener, der Typ, der ihnen den Flyer erklärte, kommt immer wieder. Q. legt ihren Kopf in A.s Schoß. Auf der Leinwand wird der nächste Film gezeigt, aber sie sehen nicht mehr hin.

»Fahren wir?« fragt Q.

»Rauchen wir vorher noch eine Zigarette.« In dem Lokal sind nicht mehr viele Leute.

Sie gehen, die Straße ist leer, ein kühler Wind ist aufgekommen.

»Ich kann nicht schlafen«, sagt Q. »Ich kann einfach nicht mehr durchschlafen, es ist nur leichter, oberflächlicher Schlaf, in den ich falle, ich kann mich nicht ausruhen.«

Sie kommen zur Haltestelle. Q.s. Autobus steht

schon da. Sie umarmen sich, A. legt ihren Kopf auf Q.s. Schulter.

»Ich steige ein. Dein Bus kommt ja auch gleich«, sagt Q.

»Ja, ja, steig ein. In fünf Minuten kommt mein Bus.«

»Ciao! Ich kann dich anrufen?« fragt Q.

»Ja, sicher, ruf an.« Q. steigt in ihren Bus, setzt sich auf einen Fensterplatz im hinteren Teil.

A. überquert die Straße.

Q. läßt die Häuser an sich vorüberziehen, schreckt auf, als der Supermarkt, vor dem ihre Haltestelle ist, in ihrem Blickfeld thront. Sie springt auf und steigt aus, läuft noch die Straße hinunter bis zur Ecke und geht dann langsam und ein wenig keuchend die letzten Meter zu ihrer Wohnung. Als sie die Tür aufsperrt, kommen ihr die Katzen entgegen, schmiegen sich an sie. »Hier bin ich ja«, schnurrt sie ihnen zu. Sie holt sich ein Glas Wein aus der Küche, geht in das große Zimmer, schaltet den Computer an, unruhige Erwartung, vielleicht hat er doch, will sie es überhaupt, aber es ist nur eine Mail von einer Bekannten da, die sie fragt, ob sie morgen Lust und Zeit habe, mit ihr einkaufen zu gehen. Sie will jetzt nicht antworten. Kurz spürt sie den Wunsch, alle seine Mails zu lesen, doch der Gedanke ermüdet sie schon im nächsten Moment. Sie raucht noch eine Zigarette, trinkt das Glas in einem Zug leer, geht ins Badezimmer und legt sich dann ins Bett. Sie kann nicht einschlafen, weil sich ein Gespräch in ihr

Bewußtsein geladen hat, das sie zu analysieren beginnt, mit anderen seiner Sätze in Beziehung setzt, mit anderen ihrer Sätze in einem Raster einträgt, um dahinterzukommen, wann er genug hatte, wann es begann, daß er sich einsam fühlte. Das sagte er doch, daß er begonnen habe, sich einsam zu fühlen. Sie merkt nicht, wie sie einschläft.

Replay

M ist eine kleine verschlafene Stadt. Nichts passiert in M.

Es gibt viele hohe Häuser mit dünnen Wänden; die Menschen leben nah beieinander; an Sonntagnachmittagen, an denen man auf der alten, weichen Couch liegt, kann es vorkommen, daß man auf Geräusche aus irgendeiner Nachbarwohnung wartet, die darauf hindeuten, daß in den anderen Wohnungen etwas vor sich geht, das man selbst jetzt gerne erleben würde, wenn man nicht damit zufrieden wäre, auf der alten, weichen Couch zu liegen und auf Geräusche aus irgendeiner Nachbarwohnung zu warten.

M. ist eine kleine Stadt, doch es gibt einen Sportclub, ein offenes Amphitheater, in dem im Sommer Filme gezeigt werden, ein altes Kloster, zwei Berge, Restaurants, ein paar Clubs, in denen man tanzen kann und Bands auftreten, eine Hochschule, einen großen Bahnhof, einen riesigen Supermarkt, wegen dem die Menschen von weither angereist kommen, große, helle Häuser mit schönen, weiten Gärten, ein Theater, das sogar einmal ausgezeichnet wurde, einen Fluß, Kinos und anderes, das einem das Leben versüßt. Und: Es gibt hier intelligente Menschen.

Es gibt hier intelligente Menschen, die zufrieden sind, die man sogar glücklich nennen könnte.

Einer davon ist Oscar.

Wenn man Oscar fragt, warum er in M. ist, dann antwortet er, *wegen der Menschen* und lacht. Und erzählt, daß zum Beispiel seine Eltern überhaupt nicht verstehen könnten, warum er ausgerechnet in M. ist; was er dort macht; warum er nicht in eine andere Stadt, in ein anderes Land gegangen ist; warum er nicht einen Job ausübt, bei dem er mehr Geld verdienen kann; warum er nicht mehr aus seinem Leben mache.

Er lacht und sagt, *aber meinen Eltern kann ich nicht antworten, wegen der Menschen*. Und dann lacht er wieder.

Oscar stammt aus London und unterrichtet Englisch in M. Er ist ungefähr 1,80 Meter groß, schlank, hat kurze, kastanienbraune Haare, ein freundliches Lächeln und sieht insgesamt aus wie der nette Junge von nebenan.

Oscar erzählte mir folgende Geschichte:

Es war Silvester. Mit Freunden war er in einem Minibus in die Berge gefahren. Sie tranken im Schnee, eine Nacht in einer Reihe von Tagen voller Alkohol, lachten, schrien, die Stimmung war gut. Oscar aber wollte plötzlich allein sein, und so spazierte er durch den Wald. Als er über ein schneebedecktes Feld ging, wunderte er sich über die Eimer, die in der weiten Fläche im Schnee standen. Von der

Ferne schrien ihm Leute etwas zu, das er nicht verstehen konnte. Oscar änderte die Richtung und ging auf die Menschen zu, die etwas von ihm zu wollen schienen. Als er bei der Gruppe ankam, leuchtete der Himmel in allen möglichen Farben, glitzerte, lockte, und aus allen Ecken des Waldes rundherum krachte es. Das neue Jahr hatte begonnen.

Oscar erzählte mir diese Geschichte, als wir in der Dunkelheit an einem Sportplatz vorbeigingen, der inmitten der Plattenbauanlage lag, in der ich wohnte. Wir sprachen über Saufgelage. Er sagte, er habe vier Jahre lang keinen Alkohol getrunken, weil er vorher zuviel getrunken habe und schon an der Kippe gewesen sei. Jetzt trinke er wieder. Das sei gekommen, als ihm jemand auf einem Fest eine Bierflasche in die Hand gedrückt habe. Und dieses Mal habe er sie eben genommen.

M. war dunkel. Nur noch wenige Menschen waren auf der Straße. Busse fuhren keine mehr. M. war so dunkel, daß es einem alleine unheimlich gewesen wäre. In den Häusern mit den vielen kleinen Fenstern war kaum noch Licht.

Über Plattenbauten gab es einen wunderbaren Liebesfilm, der jedes Jahr zu Silvester in Rußland gezeigt wurde: Ein betrunkener Mann verirrt sich in der Stadt. Da alle sowjetischen Städte gleich aussehen, fährt er mit dem Taxi in seine Straße, die es in jeder Stadt der Sowjetunion gibt, das Taxi hält vor seinem Haus, einem Plattenbau, der Mann steigt aus, fährt mit dem Lift hinauf und öffnet mit seinem Schlüssel die Tür zu seiner Wohnung, in der eine fremde Frau wohnt. Weil der Mann betrunken ist, dauert es eine ganze Weile, bis ihm klar wird, daß er sich in der falschen Stadt und in der falschen Wohnung befindet. Bis die Frau und der Mann ein Paar für die Ewigkeit werden, vergehen mehr als zwei Filmstunden – die Silvesternacht –, viele Lieder wurden gesungen, ein neues Jahr begann – jedes Jahr.

Oscars Vater ist in einem Fischerdorf aufgewachsen; seine Großeltern leben noch immer dort. Die Sommer, die Oscar bei ihnen am Meer verlebte, zählen zu seinen intensivsten und liebsten Kindheitserinnerungen.

Oscar arbeitete an einer Soap Opera über ein Fischerdorf, irgendwo im Westen Englands hätte sie spielen sollen. Das Mädchen, mit dem er in einem der unzähligen Sommer Stunden am Meer gesessen, auf- und abgelaufen war, deren Sommersalzmeergeruch für ihn eine nie mehr erreichbare Sehnsucht bedeutete, deren braungebrannter Körper im ewig gleichen, dunkelblauen, kurzen Sommerkleid für ihn immer der Maßstab für Schönheit bleiben würde, war mittlerweile in einer englischen Kleinstadt verheiratet, hatte fünf Kinder. Sie war für die Figur der ein wenig leidenden Frau – jede Soap Opera braucht so einen Charakter – vorgesehen. In der Soap Opera war sie die Frau des Arztes, in dessen Praxis sie mithalf.

Die anderen Personen der Serie waren mehr oder weniger zufrieden mit ihrem Leben, mit ihrer Arbeit, mit ihren (Ehe)Partnern. Die Frau war notwendig, um ein Element starker Unruhe im Alltag des Fischerdorfes zu haben. Eine Unruhe, die nicht vom Existenzkampf, der im Verlauf der Serie immer wieder angeschnitten wurde, herrührte, sondern von etwas anderem, Unverständlichem.

Trotz des ungewöhnlich ernsthaften Settings waren die Dialoge voller Witz und Ironie. In Oscars Entwurf war keine Figur lächerlich, jede war eine Persönlichkeit, wobei Oscar zu vermeiden versuchte, die Personen zu eindimensional zu zeichnen, auch wenn jede wie in einer guten Opera buffa etwas – eine Eigenschaft, eine bestimmte Geschichte, ein Alter, einen Beruf – verkörperte.

Eine Filmfirma hatte sich für die Seifenoper interessiert. Oscar hatte gehofft, diese Idee würde sich verwirklichen lassen. Er arbeitete jeden Tag an ihr, hörte den Leuten aus dem Fischerdorf zu, schrieb vieles von dem, was sie in seinem Kopf sagten, auf und vieles nicht, weil es nicht ins Konzept gepaßt hätte. Als er mit der ersten Staffel fast fertig war, ging die Filmfirma bankrott.

Oscar schrieb andere Drehbücher.

Eines handelte von einem Mädchen, das von zu Hause ausreißt und zufällig im Haus ihrer wahren

Eltern landet. In einem anderen ging es um drei Menschen, zwei Männer und eine Frau, und ihre Beziehungen zueinander. Einer der Männer ist mit der Frau liiert, der andere ist in sie verliebt. Die drei wohnen in einer Wohnung. Die Spannungen und Sehnsüchte, die Geschichten, die sie einander erzählen und wie und wem, sind die Hauptelemente des Films. Am Ende geht jeder seinen eigenen Weg. Oscar hätte noch *In 10 Jahren* bringen können, doch er hielt solche Nachspanne für Kitsch, dieses Danach für nicht mehr erzählbar. Also ließ er es bleiben. Er hatte gehört, daß in letzter Zeit wieder Filme mit glatter Lösung gefragt seien. Er wußte, daß das Ende seines Films in diese Kategorie gehörte, und ärgerte sich darüber, weil er für sich solche Geschichten, obwohl klar und glatt beendet, in seinem Kopf weiterspann.

Oscar schrieb auch Theaterstücke, die aufgeführt wurden.

Das Theater aber erzählte seine Geschichten anders als das Kino.

Oscar wollte, daß die Leute träumten und lachten. Oscar wollte, daß die Menschen, die seine Filme sahen, mit seinen Bildern eins wurden, daß diese Bilder sie nie wieder losließen. Im Theater war er als Autor präsenter als im Kino, doch die Bilder waren schwach und seine Worte schneller vergessen – daran, in den Olymp der Bühnenautoren zu kommen, dachte er nicht. Die Menschen, die im Theater saßen, ließen sich kaum darauf ein, was sich vorne auf der Bühne abspielte. Die Distanz, die sie brauchten und nicht aufzugeben bereit waren, konnte er nicht verringern.

Oscar mochte Menschen. Es fiel ihm nicht schwer, die Menschen in seinem Kopf und jene, die er in Wirklichkeit traf, reden zu lassen, ihnen zuzuhören. Oscar erzählte nur selten von sich.

Als Oscar mit dem Studium des Drehbuchschreibens begann, hatte er plötzlich keine Lust mehr, sich wie früher abends mit Freunden oder Bekannten zu treffen. Was diese sagten, schien ihm nichts damit zu tun zu haben, was er tat, was er tun wollte, worauf es ihm ankam. Abends zog er in Pubs herum oder einfach durch die Straßen und probierte an Fremden seine Geschichten aus, erzählte viel, paßte darauf auf, wie er es erzählte und wie diese zufälligen Bekanntschaften darauf reagierten, ob sich ihre Pupillen vergrößerten, wenn sie ihm zuhörten, wann sie lachten, wann verträumt lächelten, wann sie plötzlich ernst wurden, wie lange sie zuhörten, ab wann und bei welchen Stellen sie sich zu langweilen begannen. Oscar machte keine empirische Untersuchung. Oscar wollte ein Gefühl dafür bekommen, was die Menschen traf, was sie rührte. Was ihn am meisten faszinierte, war, wie Menschen plötzlich still wurden, wenn ihnen etwas gefiel, wenn er die richtige Art des Anfangs gefunden hatte.

London war eine laute Stadt ständigen Trubels.

Oscar besuchte Kurse auf der Universität, schrieb Drehbücher und Theaterstücke, arbeitete manchmal in einem Büro als Computerfachmann – das Informatikstudium hatte er abgebrochen –, ging auf Partys, saß in Pubs und Clubs oder in der Wohnung eines Freundes, einer Freundin, mit Leuten, die Ähnliches machten wie er.

Die Tage und Nächte vergingen rasch und aufregend. Er schlief nicht viel in dieser Zeit.

In M. und auch in anderen Städten des Landes, in dem sich M. befand, unterrichteten ein paar Freunde Oscars, zufällig dort gelandet, in Schulen und an Universitäten Englisch. Das Land war nichts Besonderes, war nicht als Kulturnation bekannt, war nicht groß, hatte keine Geschichte, die Kinder zum Nachspielen verleitet oder alten Männern die Tränen in die Augen treibt. Es war nicht Mexiko und nicht Rußland, war nicht die Vereinigten Staaten von Amerika und nicht Frankreich, nicht Australien, nicht Indien, nicht Neuseeland.

Oscar bewarb sich an der Universität in M. als Englischlektor. Er bekam die Stelle. Und fand sich bald darauf in M. wieder. Seine Freunde waren mittlerweile alle woanders. Oscar stellte überrascht fest, daß ihm das gleichgültig war.

Er wohnte in einer niedrigen Zweizimmerwohnung in einem Plattenbau, die mit Möbeln aus den fünfziger Jahren eingerichtet war. Die Aquarelle, die noch vom Vormieter stammten, nahm er gleich am ersten Abend ab.

Er hatte zwei Wochen, bis der Unterricht begann. Oscar streifte durch die kleine Stadt, kannte bald jede Ecke und jedes der nicht sehr zahlreichen Restaurants und Lokale der Innenstadt, wanderte auf den Berg, verbrachte Stunden im Supermarkt, überlegte, sich im Sportclub einzuschreiben, verliebte sich in das Kloster, saß auf den Bänken am Fluß, sah englische Filme im Kino, die er sich in London kaum angesehen hätte. Abends trank er in seinem Wohnzimmer – ein eigenes Wohnzimmer hatte er noch nie gehabt –, Bier, manchmal vor laufendem Fernsehapparat. Die bunten Bilder versetzten ihn in eine meditative Stimmung, die ihn für unbestimmte Zeit vollkommen in seinen Gedanken, Erinnerungen, Kopfbildern sein ließ.

Manchmal saß er am Fenster und sah vom dritten Stock auf die Menschen, wie sie kamen und gingen, wie sie am Tag den nahegelegenen Supermarkt mit schweren Taschen verließen oder wie abends Leute im Kino, das von seinem Fenster aus zu sehen war, verschwanden und wieder heraustraten; wie nachts vorwiegend Männer die Tür der verrucht wirkenden Bar, die ebenfalls von seinem Fenster aus zu sehen war, öffneten und gleich wieder zufielen ließen, um hineinzugehen oder umgekehrt, um, manchmal ein wenig schwankend, nach Hause zu gehen. Das Zuhause lag oft um die Ecke, in einem der vielen hohen Häuser, zu denen Oscar ihnen folgte, bis sie in der Dunkelheit nicht mehr zu sehen waren.

Er saß in Lokalen, trank Bier und lernte die Wörter auf der Speisekarte verstehen. An diesen Orten sprach er kaum mit jemandem, obwohl er als Engländer Interesse erregte. Er reagierte freundlich, wenn er angesprochen wurde, verhielt sich aber alles in allem so, daß die meisten das Gespräch nicht fortsetzten. Oscar sah lieber zu, wie sich die anderen Gäste unterhielten, blieb manchmal bis spät in die Nacht, sah zu, wie sich Abende entwickelten, wie die Leute aufbrachen und auseinandergingen.

Am ersten Arbeitstag veranstalteten jene, die er ab nun fast täglich sehen würde, ihm zu Ehren einen kleinen Umtrunk. Es war ein kleiner Lehrstuhl, sechs Leute unterrichteten englische Sprache, Literatur, Landeskunde.

Nach wenigen Tagen nur bemerkte er, wie leicht es in dieser Stadt war, an einem Leben teilzunehmen.

Obwohl alle immer sehr viel zu tun hatten und ihre Arbeit ernst nahmen, viele mit Leidenschaft unterrichteten, ihr Fach liebten, war es nicht schwierig, zusammenzukommen. Man traf sich immer wieder in denselben zwei, drei Lokalen, im einzigen Kino mit englischsprachigem Programm, im Zentrum der Stadt, beim Spazierengehen.

Man verabredete sich in Wohnungen zum Plaudern, zum Trinken, zum gemeinsamen Fernsehabend; man veranstaltete Treffen, bei denen Lektoren aus allen möglichen Ländern, die an den verschiedenen Instituten arbeiteten, dabeisaßen. Es wurden Partys gefeiert, zu denen auch Menschen kamen, die nichts mit der Universität zu tun hatten.

Manche der Menschen, die er kennenlernte, mochte er von Anfang an, bei anderen kam das Mögen mit der Zeit.

Fast alle sprachen Englisch, und fast alle begegneten ihm mit einer herzlichen Offenheit, wie er sie früher nicht gekannt hatte. Durch das gemeinsame Arbeiten, durch das ähnliche Leben entstand schnell eine Verbundenheit, die es in London in dieser Art und Weise nicht gegeben hatte. Spontane Telefonanrufe oder ein plötzliches Klingeln an seiner Tür waren nichts Außergewöhnliches, und er genoß es immer mehr, daß auch er, wenn ihm am Abend die Decke auf den Kopf fiel, jemanden anrufen konnte, um sich kurze Zeit später auf ein oder mehrere Biere zu treffen. Und auch er klingelte unangemeldet bei Menschen, die ihn – selbst wenn ihnen der Besuch in diesem Moment nicht gelegen kam – freundlich begrüßten. Man saß einige Zeit, trank Kaffee oder Tee, und oft endete der Nachmittag nicht nach zwei Stunden, sondern zog sich noch in den Abend oder in die Nacht hinein.

Nach ein paar Monaten nahm er einen zusätzlichen Job in einer Sprachschule an. Er begann, sich für die Struktur der Universität zu interessieren und arbeitete im Verwaltungsbereich an dessen Verbesserung mit. Er konnte die Fortschritte sehen, und das gefiel ihm.

Von seiner kleinen Wohnung im Plattenbau zog er in das große, schöne Haus einer alten Dame, die nur die Landessprache sprach. Für Gelegenheitsarbeiten in und um das Haus konnte er hier umsonst wohnen. Er besuchte einen Kurs in der Landessprache und nahm Privatstunden in Italienisch, weil fast alle seiner hiesigen Bekannten und Freunde mindestens eine Fremdsprache perfekt beherrschten.

Er ging nun auch öfters in einheimische Filme; zu Hause hörte er häufig Radio. Oscar nervte seine einheimischen Bekannten damit, daß er sich ständig in ihrer Sprache unterhalten wollte, andererseits gefiel es ihnen, wenn ein Engländer ihre eigene Sprache ernst nahm. Oscar sprach sehr bemüht, wenn er sich in der Fremdsprache mit jemandem unterhielt. Aber er sprach sie nicht mit jedem, nicht mit jeder.

Das einzige, was ihn an seinem Leben störte, war, daß er die Abschlußarbeit für sein Studium beenden mußte. Unter Druck konnte er nur schlecht arbeiten. Er mußte die Geschichte über einen Mann, der von Neuseeland nach England zurückkommt und dessen Beziehungen sich durch die lange Abwesenheit auf unübliche Art vollkommen veränderten, immer wieder umschreiben, seinem Professor gefiel es nie. Der Höhepunkt des Filmes sollte die lange ausstehende Auseinandersetzung des Mannes mit seinem Vater sein, doch diese Szene wollte ihm nicht und nicht gelingen. Entscheidendes mußte schnell gesagt, die Spannung in kurzer Zeit erreicht werden. Die Entwicklungsmöglichkeiten der einzelnen Szenen waren zu sehr eingeschränkt, als daß Oscar die Szene zwischen dem Heimgekehrten und seinem Vater so zu verwirklichen imstande gewesen wäre, wie sie in einem einzigen Gefühl in seinem Kopf saß.

Während er in M. lebte, hatte Oscar nur eine Liebesgeschichte. Sie entwickelte sich mit einem Mädchen, mit dem er immer gerne zusammen gewesen war, aber nie war dieses Gefühl des Mehr in ihm entstanden, bis zu dem Abend, als er sagte, daß er wohl nicht mehr lange in M. bleiben würde. Die Zeit für etwas Neues sei gekommen. Trotz des Wohlfühlens in M., trotz der Zufriedenheit mit dem Leben hier, den Menschen, seiner Arbeit müsse er wieder etwas anderes machen, würde er nach London gehen. Schon jetzt wolle er manchmal nicht mehr dorthin. London sei in manchen Momenten für ihn bereits etwas Unvorstellbares.

Oscar war sich dessen nicht bewußt gewesen, bevor er es aussprach. Er hatte bloß für sich entschieden, wieder nach London zurückzukehren, eine Zeitlang zumindest, dort etwas anderes zu arbeiten, und was danach käme, würde man sehen.

Das Mädchen sah ihn einen Augenblick verwundert an, dann sprach sie darüber, daß auch sie sich für einen Auslandsaufenthalt beworben habe. Sie sei sicher, daß sie genommen werden würde. Sie wisse nicht, ob sie sich darauf freuen solle oder nicht.

Sie sprachen über M., über das Leben in einem fremden Land, über Zukunft und Gegenwart, darüber, was sie planten, was mit ihnen passieren sollte, über London, über Sprache und bestimmte Sprachen, über ihre Arbeit, über Freunde und Bekannte, über eine beliebte Radiosendung.

Als sie sich zum ersten Mal küßten, war die Nacht schon weit fortgeschritten.

Die nächsten Wochen waren sie fast ständig zusammen.

Die Zeit verging schnell, und doch waren es Tage, Wochen, Monate.

Oscar beendete seine Abschlußarbeit mit der wohlwollenden Zustimmung seines Professors.

All die Menschen, die Oscar in M. wichtig waren, feierten mit ihm Abschied, eine riesige Torte wurde gebacken, Oscar tanzte viel und war glücklich.

Natürlich würde er sie besuchen, M. war schließlich nicht weit weg von London, und wenn sie in London wären, könnten sie jederzeit bei ihm wohnen.

Wenn Oscar jemand fragt, was er in M. gemacht habe, M. sei doch eine kleine verschlafene Stadt, in M. passiere doch nichts, dann antwortet Oscar, *Wegen der Menschen habe ich mich dort wohl gefühlt,* und lacht. Aber was denn in M. für außergewöhnliche Menschen leben würden, wird Oscar dann weiter gefragt, was diese denn in M. verloren hätten. Oscar kann darauf nicht antworten. Er lacht nur.

Das Mädchen aus Darau

Martin hatte sich neue Skischuhe gekauft. Es war war das erste und einzige Mal, daß ich ihn wirklich begeistert sah. Er ließ seiner Mimik und dem Strahlen seiner Augen freien Lauf, als er – ich stand gerade vor der hohen Telleranrichte in der Küche und sprach mit Marianne, der Köchin – an uns vorbeikam und fragte, ob wir seine neuen Skischuhe sehen wollten. Er kaufe sich, sagte er, nur alle paar Jahre neue Skischuhe, aber dann müßten es gute sein, und diese glänzenden Riesenschuhe in dunklem Blau und hellem Rot waren gut und teuer gewesen. Ich sagte, daß mir die Schuhe gefielen, überrascht, wie völlig egal mir das war, obwohl ich Martin gern hatte.

Mit Martin hatte ich eine Nacht mit Bettnonsensgesprächen verbracht, während ich mit Raoul etwas laufen hatte, wobei sich dieses Laufenhaben auf vielleicht zwei Treffen pro Woche beschränkte, die meist schön, aber oft auch anstrengend waren. Martin war Martin, und Raoul war Raoul; beide hatte ich gern, in keinen von beiden war ich verliebt; bei Martin fühlte ich mich geborgen; bei Raoul fühlte ich mich herausgefordert.

Auch Raoul kann sich begeistern, sagt er. Er sagt dann, er freue sich. Ich habe noch nie gemerkt, daß er sich gefreut hätte. Raoul freut sich wohl innerlich. Raoul freut sich anders als ich, die laut lacht, wenn sie sich freut, zu schreien beginnt, wenn sie sich freut, strahlende Augen und ein strahlendes Lächeln. Raoul strahlt nicht. Raoul schaut nachdenklich. Raoul schaut naiv. Raoul ist nicht naiv. Raoul ist klug. Raoul hat tiefe Augen, die einem zu verstehen geben, daß sie einem nie verraten werden, was hinter ihnen vorgeht. Raouls Blick ist aufmerksam. Mit seinem Blick streichelt er die Dinge anders, als er es mit seinen Händen tut. Sein Blick streichelt distanziert, während seine Hände Distanzen niederreißen. Raoul streichelt nicht nur mich. Raoul streichelt Pflanzen oder künstliche Bärenfelle bei Ikea; Raoul streichelt, um die Welt kennenzulernen und auf seine Weise in sich aufzunehmen. Ich streichle weder Pflanzen noch künstliche Bärenfelle bei Ikea; ich streichle, um Nähe entstehen und sein zu lassen. Raoul ist Bildhauer; vielleicht streichelt er deswegen Blätter von Sträuchern am Weg. Ohne Streicheln würde sein Werk – egal aus welchem Material es gemacht ist – nicht entstehen; an seinem Werk kleben Teilchen seiner Haut; Raouls Hautpartikel auf meinem Körper werden immer wieder abgewaschen, halten sich also vielleicht 24 Stunden, bis ich wieder vollkommen ich bin, ohne Raouls Moleküle auf meiner und in meiner Haut. Raoul wäscht sich seltener als ich, so bin ich länger auf und in seiner Haut als er auf und in meiner, was ein beruhigender Gedanke ist, weil ich schneller aus Raouls Kopf verschwinde als Raoul aus meinem. Raoul kann Dinge benennen, weiß immer das richtige Wort; Raoul entgegnet auf meine Bemerkung, daß meine Hände rauh seien wie die einer alten Frau, daß seine Hände *geschmeidig* seien wie immer; Raoul trinkt olivgrünen Tee, während ich dunkelgrünen Tee trinke oder einfach nur Tee, Raoul aber sagt, er trinke olivgrünen Tee, ohne zu bemerken, daß dadurch der Tee unmerklich seine Farbe und seinen Geschmack ändert; Raoul sagt ein langgezogenes dumpfes o mit kaum hörbarem r danach in *morgen*, das e fast unbetont, während aus meinem Mund ein offenes o, so gut wie kein r und ein schrilles e kommt, wenn ich *morgen* sage, weswegen sich unsere morgigen Tage immer unterscheiden; in seltenen Momenten sagt Raoul Sachen, die sonst niemand mehr sagt; zum Beispiel fragt er an einem Nachmittag, den wir schmusend und aneinander gedrängt auf seinem Bett verbringen, nach der Ewigkeit; Raoul kann romantisch und Kirschbaum und schwarzblauer Sternenhimmel in einem Satz sagen; Raoul braucht sich nicht zu disziplinieren, um moderne Beziehungen leben zu können; Raoul würde sich nie Sehnsucht verbieten, weil Raoul seine Sehnsucht nach jemandem oder etwas immer als gerechtfertigt empfindet und sie zu verwirklichen sucht;

Raoul will Lächerlichkeit – ich hasse sie

Raoul kann mir Geschenke machen

Raoul kann das Wort *Liebe* aussprechen

Raoul kennt die Bedeutung von *Zukunft*

Raoul schreibt in der Zeit, in der ich neun Ansichtskarten schreibe, eine.

Raoul und ich verbrachten in Ägypten viel Zeit auf Dächern – auf einem Dach schrieben wir Karten und auf einem anderen lag eine tote Katze. Die tote Katze wurde entfernt, nachdem Raoul dem nubischen Portier gesagt hatte, daß auf dem Dach eine tote Katze liege, die schon stinken würde, was der Nubier erst mit *jaja* quittierte (natürlich haben wir eine tote Katze auf dem Dach, das gehört zum Service des Hotels, eine tote Katze auf dem Dach, selbstverständlich), bis er verstand, daß auf dem Dach eine tote Katze lag, die schon stinke, meinte Raoul; ich roch nichts, und die tote Katze war am nächsten Tag auch verschwunden, vielleicht war sie auch nur in den Teppich, auf dem sie gelegen hatte, eingewickelt worden. Zumindest erwähnte Raoul nicht mehr, daß es nach toter Katze rieche. Die Katze war tot, doch wir lebten auf diesem und anderen Dächern über Ägypten einen Teil unseres Ausnahmelebens. Auf diesem Dach wollte ich Raoul nie küssen, nur einmal hätte ich ihn gern umarmt, und nur einmal saß ich auf diesem Dach hoch über der Stadt allein. Das kam so:

Auf dem kurzen Weg zum Friseur – Zac wollte uns ägyptisches Leben zeigen (*Was wird er diesmal für Pläne haben*, fragte Raoul ein paar Tage später, *uns zum Zahnarzt mitnehmen?* Ich begann so zu lachen, auf der staubigen Straße des Souks, mit Tausenden Geräuschen im Ohr und den kräftigen Farben im Auge, daß die am Rand stehenden Verkäufer mich aufhalten wollten, sich über mich lustig machten, mit mir lachten, kurze Zeit konnte ich nicht aufhören, sah nicht, was neben mir passierte, an wem wir vorübergingen, in wen ich hineinlief) – rauchten wir mit zwei Typen, die wir in einem Geschäft kennengelernt hatten, einen Joint. Beim Friseur mußte ich plötzlich lachen, weil am Boden Fäden herumlagen, der Friseur auch zwischen den Lippen einen Faden hielt, und Zac, der lange Zeit in Wien verbracht hatte, uns fragte, ob es denn in einem Wiener Friseurgeschäft auch so aussehe, was mich noch mehr erheiterte, weil sich genau dieser Frisiersalon auch in Wien befinden hätte können, und der Friseur mit dem Faden im Mund murmelte ununterbrochen, *welcome in Assuan, welcome in Assuan*, worauf der eine Ägypter, der Mando hieß, Raoul fragte, warum ich denn so lache, und Raoul antwortete, dies sei wegen der Fäden am Boden, er verstehe es auch nicht, aber ich fände diese Fäden am Boden so lustig, worauf ich noch mehr lachen mußte, und nachdem der Friseur uns zum zehnten Mal in Assuan willkommen geheißen hatte, sagte schließlich auch Raoul, *welcome in Assuan*, was den Friseur so verwirrte, daß er das Geschäftslokal verließ, obwohl er gerade einem Kunden den Bart geschnitten hatte.

Weil Raoul das in dieser Nacht zuviel war, verließen wir die kleine Gesellschaft, kauften uns an der Rezeption des Hotels noch eine Flasche Bier, um auf dem Dach zu sitzen, von dem aus die Stadt gut zu sehen und zu hören war, und Bier zu trinken. Ich lachte nicht mehr, Raoul war müde und ging nach einem kurzen, scharfen Wortwechsel aufs Zimmer, während ich noch sitzenblieb, mich meinem Partygefühl hingebend, doch bei jedem Geräusch auffuhr, bevor auch ich die Treppe hinunterstieg und von den zwei Betten dasjenige mit Raoul wählte.

Als Raoul die tote Katze entdeckte, war es er, der allein auf dem Dach war. Er frühstückte oben, weil wir das Hotelfrühstück verschlafen hatten. Raoul aß, schrieb eine Karte und atmete den Todesgeruch der Katze und den Bier- und Schweißgeruch zweier Männer, die sich die Sonne auf den Bauch scheinen ließen. Als ich später dazukam und Raoul mich auf die tote Katze aufmerksam machte, war ich froh, daß er zuerst auf das Dach gestiegen war; so war es bloß eine tote Katze zu Mittag auf einem Hoteldach in Ägypten.

Die Katzen schrien um die Wette, miauten um Liebesgunst, als wir das erste Mal auf diesem Dach saßen. Am Morgen um acht waren wir von El-Qusir aufgebrochen, mit einem Sammeltaxi nach Port Safaga gefahren, das Meer entlang und durch die Wüste, saßen eine Zeitlang in Port Safaga herum, tranken Tee, lernten in einem häßlichen Holzhäuschen, nur wenige Meter von dem als Müllhalde benutzten Strand entfernt, die arabischen Ziffern (*8? – tamanja. 2? – itnen. 4? – arbaa. 6? – sitta. 10? – aschara.*), bis wir uns auf eine Bank in die Busstation setzten, mit kleinen Mädchen Konversation führten, die Sonne auf uns brennen ließen, die Menschen anstarrten und Raoul zu mir sagte, es wäre ihm lieber, wenn ich schlechtere Laune hätte, wieso ich denn so gut drauf sei? Worauf ich einige Minuten lang schwieg, bevor es in mir erneut zu brodeln begann und ich wieder lächelte, lächelte. Irgendwann kam schließlich der richtige Bus, und wir stiegen ein, fuhren durch die Wüste und durch Luxor, ich glotzte die Ägypter an, saß zuerst neben einem, bis wir, Raoul und ich, nebeneinander saßen; seine Hand, die meine suchte, nahm ich nicht, obwohl uns doch – wir hielten uns an das, von dem wir glaubten, es wären die hiesigen Sitten – niemand sehen konnte, und gab mich weiter der Busfahrt hin, bis ich immer müder wurde und Raoul immer müder wurde, der den Nil bestaunte und die Wüste, deren Farbe der Haut der Ägypter glich, gleich hinter dem Grün, und die Wüste auf der rechten Seite des Busses; ich wollte nicht mehr lesen, Raoul hatte den Abschnitt über Assuan in seinem Reiseführer schon auswendig gelernt, als wir nach neun Stunden Fahrt in Assuan ankamen und an diesem Abend auf dem Dach landeten, auf dem die Katzen miteinander spielten, umeinander warben, doch eine von den dreien immer leer auszugehen schien, und Raoul sagte zu mir, *ich ertrage deinen Ton heute so schlecht*, worauf sich in mir alles zusammenzog, so daß ich bald darauf aufs Zimmer ging und noch las, als Raoul kam, wir schweigend das Licht ausmachten und die ganze Nacht die Katzen schrien, von denen sich eine – es war wohl die, die bald sterben würde – auf den Gang vor unser Zimmer verirrt hatte. Als wir am nächsten Morgen wieder auf dem Dach saßen, fragte mich Raoul, nachdem er angemerkt hatte, daß das gestern nicht so ernst zu nehmen sei, wir seien beide von der langen Fahrt gereizt gewesen, was ich schweigend und reserviert quittiertete, bis wir den Plan für diesen Tag entwarfen und die Sonne meine Laune wieder anheizte, ob ich denn schlafen hätte können, ob ich die Katzen nicht gehört hätte, doch ich hatte die Katzen nicht gehört.

Stattdessen hörte ich die folgende Nacht um fünf Uhr früh den Muezzin singen, sein »Allaaaaaaah« tönte mit tiefer, überzeugender Stimme durch die schlafende Stadt, weckte mich zum Hören des Gebets in den Halbschlaf, um mich danach in seltenem Glück wieder einschlafen zu lassen.

Dieser Muezzin ließ von allen den schönsten Gesang über die Stadt erklingen. Sein Ruf begann auch in die kaum zu stoppende Rede des Franzosen am Abend des darauffolgenden Tages einzufallen, der aber, nachdem er dessen Worte wiederholt und die Schönheit des Gesangs bemerkt hatte, doch wieder auf die Frage zurückkam, die ihm Raoul gestellt hatte. Der Franzose war aufs Dach gekommen, hatte, auf den noch hellen Himmel deutend, *too late* gesagt, die Sonne war schon untergegangen. *Yes, the sunset was really beautiful,* sagte Raoul. *Yes, everyday the sun rises and goes down, and this takes place for millions of years, with or without us.* Ich wandte mich ab, während Raoul sich weiter mit ihm unterhielt. Mitten drinnen in der langen Rede des Franzosen begann der Muezzin in einem tiefen, alles einnehmenden Ton sein »Allaaaaaaaah«, doch die Stimme in der Nähe machte es mir unmöglich, dem Gesang zu lauschen. Als der Franzose das Dach endlich verließ, war auch der Muezzin verstummt. Und weil wir nur mehr einen Tag blieben, in der Nacht mein Schlaf zu tief oder meine Träume zu süß waren, um mich noch einmal in den glückseligen Halbschlaf zu versetzen, sollte ich diese Töne nicht mehr hören.

Raoul lacht mich aus, wenn ich eine Semmel mit Extrawurst esse

Raoul verachtet Menschen, ohne es zuzugeben

Raoul hat angenehme Hände

Raoul sucht etwas und weiß auch ungefähr, was dieses Etwas ist

Raoul will sich in sein Leben nicht hineinreden lassen

Raoul versteht nicht, wie man in meinem Alter Vodka Eristoff trinken kann

Raoul hat eine Stimme, die mich zum Träumen bringt

Raoul ist nicht schön und nicht häßlich

Raoul ist kein Automechaniker

Raoul mag die Dramatik nicht, die ich für lebensnotwendig erachte

Raoul kocht hin und wieder auch für mich

Raoul lacht über die Leberstreichwurst in meinem Kühlschrank

die sehnsucht verbieten und die zeit.

Erst im Flugzeug trank ich wieder. Im Flugzeug trank ich Rotwein, ein Glas nur, aber dieses reichte, mit dem Film auf dem Bildschirm vor mir und mit Raoul neben mir reichte das Glas Rotwein, als ich im Flugzeug saß und es schon fast dunkel war, draußen vor den runden Fenstern, nach dem langen, langen Sonnenuntergang. Plötzlich kamen Tränen hoch; ich hätte nicht sagen können, warum. Im Flugzeug nach Hause, nach Wien, auf das ich mich freute, ein wenig, neben einem älteren Mann sitzend, der ebenfalls Rotwein trank und ständig mit Bemerkungen nervte, neben Raoul, dessen Hand ich hielt, an den ich mich kuschelte, später, vorher, nicht in jenem Moment, in dem es schon fast dunkel vor den runden Fenstern war, der Rotwein sich in mir entwickelte, der Film vorne fröhliche Bilder zeigte, ich noch in meiner Ägyptenkluft, ungeduscht, noch mit dem Geruch Ägyptens in meinem Haar, den Stewardessen, die hin und her wieselten, der langsam aufkommenden Stimmung der Dämmerung in Österreich, nicht da, als mir die Tränen in die Augen stiegen und ich nicht wußte, warum ich weinen wollte, hielt ich Raouls Hand und kuschelte mich auch nicht an ihn, sondern fühlte die Schwere in mir aufsteigen, die Hitze der Tränen hinter meinen Augen lauern, so daß ich nach vorne starrte, hoffend, daß Raoul mich jetzt nichts fragte, ich mich mit meinen heißen Tränen nicht zu ihm drehen und eine Antwort geben mußte, sondern nach vorne starren konnte, bis sich dieser schwere Klumpen irgendwie und irgendwann aufgelöst haben würde, und daß er sich auflösen würde, wußte ich bestimmt.

Wer hatte davon gesprochen, daß es sich wiederholt? Daß Liebe, Zärtlichkeit, Zusammensein-, Erreichenwollen (und Ankommen nicht zu vergessen) immer dasselbe sind, bei jeder Wiederholung an Intensität verlieren? Was für ein Idiot ich war! Küsse mögen sich wiederholen, Sex und das Durchbrechen von Weite, aber Raoul wird sich nie wiederholen, Involviertsein wird sich nie wiederholen, Raoul wird sich nie wiederholen, Raoul ist keine Wiederholung, Raoul ist, was er ist.

An einem außergewöhnlichen Nachmittag bei ihm, der sich in den Abend verlief, spürte ich immer wieder einen Stich, Angst, daß es plötzlich klick machen würde, und ich nur mehr daneben stünde und ein Bild vor mir sähe, das mich – wenn ich Glück hatte – enthielte. Gleichzeitig spürte ich, daß ich mich von Raoul zermalmen ließe. Nur für diesen einen Tag galt die insgeheime, unverstandene Aufforderung des *Zermalme mich.* Des *Ich bin Dein. Heute.*

Raoul hat seinen Text am Anrufbeantworter geändert. In einem Moment der Sehnsucht nach seiner Stimme würde ich nicht mehr anrufen, weil ich mich bloß fürchten und seinen abweisenden Rükken vor mir sehen würde. Und könnte nicht einmal lachen, weil ich mich auf den Anruf doch gefreut hätte.

Raoul fände das lächerlich. Für Raoul fiele so etwas unter die Rubrik *Dramatik*, so wie ich unter die Rubrik *süß, aber anstrengend* falle. Ich könnte mich zusammenreißen, trotzdem anrufen und eine Nachricht, eine liebende, sehnsuchtsvolle hinterlassen, und tue es doch nicht, weil ich einen Satz in meinem Kopf habe, der auf eine Reihe von anderen Sätzen dieser Art folgte, und tue es nicht, weil ich mich nicht anlehnen konnte, als ich wollte, und tue es nicht, weil heute nicht jener Tag ist (an dem ich es auch nicht getan hätte), sondern ein anderer.

Raoul ruft an, wenn er Lust hat, anzurufen.

Falls Raoul weiß, was Sehnsucht ist, hat er sie gut unter Kontrolle.

Raoul ist wohl davon überzeugt, daß ich nicht weiß, was Sehnsucht ist. Und vielleicht hat er sogar recht.

Als ich mich an dem Nachmittag nach der ersten Nacht mit Raoul, nach der wir nicht einmal Telefonnummern ausgetauscht hatten, mit Bekannten im Kaffeehaus traf, hatte ich die Leichtigkeit seines Lebens noch in den Gliedern, die mich weit weg brachte von dem, was an diesem Tisch gesprochen wurde, von Menschen, die wohl Karriere machen würden, während Raoul das Wort *Zwang* für sein Tun verwendet hatte, was denen hier am marmornen Kaffeehaustisch – es war ein schöner Nachmittag, vielleicht schien sogar ein wenig die Sonne – wie etwas Abstoßendes vorkommen mußte, etwas, das mit Irren assoziiert wurde, während doch nur Zwang …, aber das dachte ich nicht, sondern ließ mich wegtreiben in meine Stimmung, ließ mich wegtreiben in jene Wohnung und in den Geruch, den ich noch in den Kleidern hatte, weg von dem Gespräch, bei dem ich nur dabeisaß, wurde ich nachdenklich über meine Worte, nachdem Raoul so um vier, halb fünf Uhr nachts gesagt hatte, wenn er um diese Zeit mit Leuten zusammensitze, erzählten sie sich meist Geschichten aus der Vergangenheit, worauf ich antwortete, daß dies doch Blödsinn sei, man müsse doch vorwärts, was Raoul nicht verstand, und eigentlich habe ich ihn nie erlebt, wie er so dasitzt und über die Vergangenheit redet, in irgendeinem verrauchten Klub, in dem die Musik so laut dröhnt, daß jedes Wort deutlich ausgesprochen werden muß, damit es verstanden wird.

Sommerstimmung liegt in der Luft.

Wir liegen auf dem Dach auf Strohcouchen, die mit einem roten Tuch bedeckt sind, lassen uns die Sonne auf den Kopf brennen, hören der Stadt zu, lesen, schreiben Karten, reden Blödsinn.

Eine in schwarze lange Kleider gehüllte Frau unten auf dem weiten Schulbasketballplatz spritzt mit einem langen Schlauch den ockerfarbigen Sandboden ab.

Im sommerlichen Dämmerlicht schlafen wir miteinander,

ich rauche eine Zigarette,

dann lasse ich mir das heiße Wasser der Dusche auf die Haut prasseln.

Das dreckige Klo daneben stört mich nicht mehr.

Jetzt ist es schon dunkel, die Straßen werden voller Menschen sein.

Wir werden etwas Feines essen, durch die Straßen gehen und nachher vielleicht noch Bier kaufen, um es auf dem Dach zu trinken, die untere Hälfte des Mondes beschienen.

Wenn wir abfliegen, wird der Mond wieder im Abnehmen sein, obwohl wir die ganze Zeit über dachten, den Vollmond nicht mehr zu sehen.

Wir sind müde vom Tag, von den Tempeln, in denen man sich geborgen fühlen kann in der jahrtausendealten Geschichte der Zivilisation, den Farben, den beschriebenen und bemalten Wänden, dem Schmutz auf den Schuhen, der Ruhe, die eintritt, wenn eine Touristengruppe wieder vorbei ist, dem fröhlichen Lärm auf den Straßen, der grellen Sonne und dem Wind, der die Hitze verweht, müde von den vielen vielen Geschichten, die das Land erzählt, die in diesem Land erzählt werden, die wir uns ausdenken, stumm und staunend stehend oder miteinander schwatzend über Steine steigend, stumm von den Geschichten, die wir selbst ganz unbemerkt schaffen, ohne uns an den Händen zu halten, unsere Fußabdrücke hinterlassend.

Auf das Dach hinauf gehen wir an diesem Abend nicht mehr; wir liegen auf dem Bett und beginnen mit unseren eigenen Kategorien *Stadt Land Fluß* zu spielen. Die Flügel der Balkontüre stehen offen, das Netz schützt vor Insekten; unter dem kleinen Balkon liegt eine schmale, dunkle Straße, so daß kaum Lärm von der Stadt herauf dringt; irgendwo spielt jemand Gitarre; hin und wieder hört man das Knarren der Treppe. Wir zählen und schreiben wie verrückt in dem Moment, in dem ein Buchstabe genannt wird. Raoul führt. Uns fallen alte Namen ein, Lieder aus der Vergangenheit, Stars aus der Kindheit, Schauspieler aus lang vergessenen Filmen. Erinnerst du dich an Sandra? Was hat sie gesungen? Und an Limahl? Und an seine Band Kajagoogoo? Und Nino de Angelo? Plötzlich sind in diesem schäbigen kleinen Hotelzimmer lang vergessene Lieder; wir liegen auf dem Bett, das wir mit einem Schlafsack und einem mitgebrachten Leintuch bedeckt haben, um nicht im Geruch von früheren Hotelgästen und auf ekligen Decken zu schlafen. Hin und wieder trinken wir einen Schluck aus der Whiskeyflasche, die Raoul im Duty-free-Shop gekauft hat. Und Raoul fällt ein, was Sandra damals gesungen hat. Und wir schlafen, kuscheln uns – so gut es geht – eng aneinander, um nicht zu frieren, doch ein wenig Kälte wird in jedem Hotelzimmer, in dem wir schlafen, übrigbleiben.

Als um acht eine Lautsprecherstimme das Hotel zum Beben brachte, Kinder lachten und die Sonne durch die Balkontür schien, träumte ich von längst vergangenen Morgen. Kinder winkten mir zu; als ich auf den Balkon hinaustrat, saßen sie in der Schule nebenan, Mädchen und Buben getrennt, kicherten und winkten, sahen lieb aus. Als Raoul auf den Balkon trat, winkte auch er.

Raoul schenkt keine Blumen und schreibt mir keine Liebesbriefe, keine Schwüre, die die Zukunft und die Gegenwart betreffen.

Raoul ruft nicht an, wenn es ihm schlechtgeht, und möglicherweise geht es Raoul auch nie schlecht, oder nicht schlecht genug, um mich anzurufen.

Raoul sagt, *ich würde dich schon gern sehen*, wie jemand anderer sagt, *dieser Film würde mich schon interessieren*.

Raoul ist Leidenschaft von vornherein verdächtig.

Raoul ist Fisch.

Raoul ist nicht sensibel. Raoul bezieht alles auf sich. Raoul hat Freunde und viele Bekannte. Raoul glaubt an erfundene Leben. Raoul lebt in einer bestimmten Welt und glaubt, kein Teil einer Gruppe zu sein. Raoul hat interessante Freunde. Raoul hört oft nicht zu. Raoul vergißt viel von dem, was man ihm erzählt. Raoul vergißt oft, was er schon erzählt hat. Raoul glaubt an nichts und niemanden. Raoul hat Respekt vor Menschen. Raoul sehnt sich nach Zärtlichkeit. Raoul kann nicht über Zwischenmenschliches diskutieren. Raoul bemerkt vieles, aber schweigt. Raoul hat Angst und ist mutig. Raoul braucht keine Kicks. Raoul sehnt sich nach Harmonie.

Raoul, sagen manche, *ist lieb.*

Raoul, sagen andere, *ist zynisch.*

Raoul haßt Zynismus und mag liebe Menschen.

Raoul verwirft Konzepte bis zu fünfmal.

An dem Morgen, an dem wir Luxor verließen, um ans Rote Meer zu fahren, kaufte ich mir ein halbes Kilo Kekse, setzte mich damit ins Hotelfoyer und bestellte ein Glas Tee. Ein junger gutaussehender Engländer, ein Däne mittleren Alters, Muhammed, der das Hotel leitet und ein anderer Ägypter in Kaftan kamen dazu. Wir aßen Kekse, sprachen über die Haie des Roten Meeres, tranken Tee und rauchten Zigaretten. Der Däne begann lange über das Wunder, das Kino bedeutete, zu sprechen, als wären wir Kinder, die nichts verstünden und nicht verstehen könnten, was das damals bedeutet habe. Die Sonne schien durch das Fenster, die Gesichter waren offen und freundlich. Der Ägypter im Kaftan starrte mich ständig an und meinte, jeder Name, mit dem ich ihn anspräche, wäre ihm recht. Ich sah Raoul die Treppe herunterkommen. Er setzte sich, blieb ein wenig abseits. Die Stimmung veränderte sich sofort. Als hätte Raoul das Bild verändert. Als hätte Raoul etwas mitgebracht, das in diesem Moment nicht gebraucht würde. Als wäre Raoul eine alles in Frage stellende Provokation. Raoul bewegte sich an diesem Morgen nicht interessiert und beteiligt, wie er es manchmal tat. Seine Augen lachten nicht, er stellte seinen Rucksack in eine Ecke des Foyers, neben meinen. Ich konnte ihn nicht ansehen. Der Däne sprach weiter über das Kino. Der Blick Muhammeds veränderte sich unmerklich. Raoul saß in einer der weichen, roten Sofas, mit seiner Anwesenheit den Raum füllend. Wir aßen die groben Kekse. Raoul beugte sich vor, nahm ein paar, gab Zucker in seinen Tee, rührte um und lehnte sich wieder zurück. Als der Däne von der Geschichte Ägyptens sprach, die ein Grund dafür sei, daß er Ägypten liebe und jedes Jahr einen Monat hier verbringe, sagte Muhammed, *What's the past? We are living in the presence, we are living now. What do 7000 years of civilization mean? Nothing. From this time only stones and temples are left. How you are now, that's important.* Die morgendliche Unterhaltung entwickelte sich zu einem Gespräch über das Ägypten der Gegenwart, die Armut, die politischen Bedingungen, den Präsidenten, die Menschen. Raoul und ich mußten zur Busstation, Hände wurden geschüttelt, *Good bye, but remember, we will come again, before we leave for Austria*. Wir verließen das Hotel und kamen nicht wieder. Ich wäre gern noch länger geblieben, vielleicht auch nur diesen Morgen, vielleicht auch nur ohne Raoul.

Ich hätte zu Raoul – heute, gestern, vor einem Monat – sagen können, ich habe Käse für dich eingekauft, weil ich mir gedacht habe, irgendwann in den nächsten Tagen wird er bei mir schlafen, und ich werde wieder nichts zum Frühstück zu Hause haben, und deswegen habe ich extra Käse für dich gekauft, und es ist sogar noch welcher da. Das hätte ich sagen können, und dann hätte ich geschwiegen, aus dem Fenster geschaut und auf die Reaktion gewartet. Ich habe es aber nicht gesagt, nicht heute, nicht gestern und nicht vor einem Monat, weil Raoul etwas antworten hätte können, das zur Folge gehabt hätte, daß der Käse bei mir verschimmelt wäre, weil ich ihn nicht mehr anrühren hätte können, ohne daß es mich geekelt hätte.

Ein Kleinbus setzte Mustafa, Raoul und mich zirka zehn Kilometer von El-Qusir entfernt am Strand des Roten Meeres ab.

Mustafa war der Neffe des Besitzers des kleinen Hotels in El-Qusir, wo wir wohnten. Mustafa war ungefähr 18 Jahre alt, und wir beide mochten ihn sehr gerne, wenn wir mit ihm am Abend in den Plastiksesseln vor dem Haus saßen, das Meer nur wenige Meter hinter einer kleinen Steinmauer, Wasserpfeife rauchten, Cola tranken und uns stundenlang in mühsamem Englisch unterhielten.

Auf dem Platz, den er – als unser Guide – ausgesucht hatte, breitete er Decken aus, packte drei Schnorchelausrüstungen, Proviant – Orangen, Bananen und Äpfel – aus und stellte die Kühlbox, gefüllt mit Cola, Orangensaft und Mineralwasser, daneben.

Niemand war dort außer uns.

Raoul ging mit Mustafa tauchen, während ich in der Wüste saß, die Sonne mir ins Gesicht brannte und der Wind mir immer wieder Raouls Tuch wegblies, das ich mir über das Gesicht gelegt hatte.

Raoul gefiel das Tauchen; als er zurückkam, erzählte er mir von den Fischen, die er gesehen hatte. Ein kleiner Barrakuda sei unter ihm geschwommen, jener Fisch, über den Mustafa am Abend zuvor gefährliche Geschichten erzählt hatte.

Ich hatte das Gefühl zu fiebern. Mir war schlecht, und in meinem Magen rumorte es. Und als ich versuchte zu tauchen, flüchtete ich, erschrocken von der Welt unter Wasser, die ganz anders aussah und durch das Glas der Brille unbekannte Dimensionen annahm, aus dem Wasser.

Die Sonne schritt langsam ihren Weg entlang, während sie auf uns brannte.

Die Wüste war ruhig, ließ uns teilnahmslos in ihr.

Mustafa schlief ein. Raoul ging alleine tauchen.

Ich fiel in einen traumlosen Schlaf, zusammengerollt unter dem pastellorangenen Tuch.

Wir aßen Früchte.

Wir tranken Cola, Orangensaft und Mineralwasser.

Mustafa war kalt, weil Winter war.

Mich fröstelte.

Es gab keine Zeit.

Es gab nur Sand, Meer, den Ort, den wir uns geschaffen hatten, Raoul, Mustafa und mich.

Wir sprachen wenig.

Ich konnte mich kaum bewegen, jede Bewegung verursachte mir Schmerzen und Übelkeit.

Es war sehr ruhig, nur der Wind und das Meer waren zu hören.

Die Geräusche des Windes und des Meeres wurden von der Grellheit der Sonne gedämpft.

Die Worte, die wir wechselten, verloren sich, wurden nie deutlicher ausgesprochen.

Raoul erkundete die Gegend.

Ich suchte einen Ort, um zu urinieren, bewegte mich schwankend, fand einen und verscharrte das Klopapier im Sand. Ich war froh, als ich wieder zurück war, Mustafa schlafend fand und mich wieder einwickeln konnte. Raoul kam zurück und hatte nichts gefunden. Die Höhle war keine gewesen.

Wir wußten nicht, wie spät es war, wann der Kleinbus kommen würde, um uns abzuholen. Doch Mustafa meinte, es müßte bald so weit sein. Ich konnte nicht einschätzen, ob wir erst eine halbe Stunde hier waren oder sechs, und es war mir recht so.

Raoul begann zu singen. Trommelte auf seine Oberschenkel und sang ein unendliches österreichisches Volkslied. Mustafa lag daneben, aß die letzte Banane, trank Coca-Cola und hörte Raoul zu, der eine Strophe nach der anderen anstimmte, in sein Lied das Meer und die Wüste einbaute, Mustafa und mich. Ich lag auf meiner Decke unter seinem Tuch, konnte mich nicht bewegen und lachte darüber, was Raoul erfand, und wußte nicht, wieviel Zeit verging und ob überhaupt Zeit verging.

Auf der Fahrt zum Hotel scherzten Mustafa und Raoul miteinander, ich saß schlapp lächelnd daneben.

Den Abend über lag ich im Bett, Raoul bei mir, der Fernsehapparat lief, Raoul ging hinunter, um Wasserpfeife zu rauchen, mir war schlecht, Raoul kam zurück, und ich legte meine Arme um ihn und wollte seine Arme um mich, und alles, das Liegen in diesem Hotel, der eigene und der andere Körper, die Stimmen von weither, war von einer kaum zu begreifenden Selbstverständlichkeit.

In Assuan, Tage später, war Raouls Gesicht fröhlich, als er sich über mich beugte und mich ansah. Wir wollten nichts tun, wir hatten nichts zu tun, ich lag auf dem Bett, und Raoul beugte sich mit fröhlichem Gesicht über mich, bevor er sich wieder abwandte und sich auf sein Bett legte, das Licht ausknipste, um zu schlafen, aber nicht schlafen zu können, und ich zu ihm ins Bett kam, mich an seinen Rücken kuschelte und fast sofort einschlief.

Das Mädchen aus Darau lernten wir im Zug auf dem Weg zu einem Tempel kennen. Das Mädchen setzte sich neben Raoul. Es war klein, hatte ein liebes Gesicht, dunkle, warme Augen und trug einen langen Rock und ein Kopftuch. Sie vollbrachte vor unseren Augen eine Revolution, indem sie Raoul, einen fremden Mann, ansprach.

Where are you from? What's your name? Where are you going to? How old are you?

Raoul war begeistert, weil uns bis dahin nur Männer angesprochen hatten, während die Mädchen und Frauen in weiter Ferne geblieben waren.

Nach ein paar Minuten setzte sich auch die Freundin des Mädchens, ein wenig größer, auch mit Kopftuch, zu uns. Ich wechselte nur wenige Worte mit ihr, dann sah ich aus dem Fenster, während Raoul mit dem Mädchen, das neben ihm saß, sprach. Sie war aus Darau, zwanzig Jahre und besuchte wie ihre Freundin ein Institut, um Lehrerin zu werden. Der Schaffner kam wieder vorbei, blieb stehen und meinte, daß neben uns zwei wunderschöne Mädchen säßen, was Raoul freudig bejahte. Die Männer im Waggon sahen in unsere Richtung und tuschelten. Das Mädchen aus Darau fragte Raoul, ob ich *annoyed* sei, was Raoul verneinte, ich sei nur müde und traurig wegen eines Zwischenfalls an diesem Morgen.

Raoul sagte, meine Gesten würden die Mädchen verunsichern, sie seien grob und wirkten aggressiv. *Was soll ich tun?* fragte ich ihn. Die Bewegungen des Mädchens mir gegenüber waren weich, einladend und freundlich. *Ich bin es gewohnt*, sagte Raoul, *aber ich glaube, daß sie damit nicht umgehen können.* Ich versuchte zu lächeln. Raoul sprach weiter mit dem Mädchen. Seine Körpersprache war von der gleichen Offenheit wie die ihre.

Das Mädchen neben mir sagte, *don't worry*, und meinte damit wohl die Entwicklung des Gesprächs zwischen dem Mädchen aus Darau und Raoul.

You are the first stranger I speak with, sagte das Mädchen zu Raoul.

Er lächelte.

And you are the first Egyptian girl I talk to.

Das Mädchen stieg nicht in Darau aus, sondern fuhr mit uns noch eine Station weiter in Richtung der Stadt, in der wir ausstiegen und aus der das andere Mädchen stammte.

In der Nacht, bei einem Bier auf dem Dach mit der toten Katze, versuchte ich Raoul zu erzählen, was alles mit dem Mädchen aus Darau passieren hätte können, doch er unterbrach mich, warf, auf das vermeintliche Ende meiner Geschichte anspielend, ein, daß das Schöne sei, daß er dieses Mädchen nie anfassen würde, wollte das Ende der Geschichte überhaupt nicht hören. Es wäre auch meine Geschichte gewesen und nicht seine, mein Ende und nicht seines.

In Wien angekommen, fuhren wir gemeinsam mit der Schnellbahn in die Stadt. Ich konnte mich vor Müdigkeit kaum auf den Beinen halten, Raoul sah mich mit offenen Augen an, wir küßten uns auf die Wange, dann fuhr jeder in seine Richtung.

Und dann erfand sich Raoul seine eigene Geschichte.

Vor dem Sommer

Ein wenig nur muß ich mich betrinken, um das alles zu ertragen, der regen vor dem fenster nach der hitze der letzten tage, das licht, ich hole die post, jetzt um zwölf uhr nachts, die begegnungen der letzten tage, ständig leute um mich herum, mit mir, ständig geredet, ständig, NEIN, ständig ist kein wort, ist nichtwort, gestern, das grüne wasser des sees, und Kathi spricht von Meiten, von Meiten, wie kann sie nur?, dem tabu, natürlich keins, aber Kathi, hast du denn in Wien noch keine solchen plätze gesehen, du warst doch beim picknick an der Alten Donau, siehst du, eben, nichts gesagt habe ich, soll sie über Meiten reden, wir alle suchen doch geborgenheit und verlorene sehnsüchte, darüber können wir alle lieder singen, und ich fang gleich an, sonst traut sich ja keiner.

Über den professor könnte ich singen, weil es ein schönes bild ist, der ältere professor, immer stattlich, immer aufrecht, und jetzt, nachdem Barbara aus England zurück ist (zurück! zurück! wieder jemand zurück von einer langen, nie wiederholbaren reise) und zu ihm in die sprechstunde geht, um ihr diplomarbeitsthema zu besprechen (ein wenig alt sind wir schon? ist dir das auch aufgefallen? und Barbara schreibt karten an freundinnen, die kinder bekommen haben, wir haben uns alle so lieb, nein, so leben wie du könnte ich nicht, sagt sie zu mir, und heiratet im sommer 2002, vielleicht schon im frühling, sind doch nur fast eineinhalb jahre, daß ich nicht lache, es sind zwei, zwei jahre planung, Tom, der bräutigam, ist in seiner firma für das marketing zuständig. wir sind alt, ein wenig schon, ist dir das auch schon aufgefallen?), sitzt der professor eingefallen in seinem sessel, und aus seinen augen strahlt der tod, matt, sehr matt, natürlich sollen sie weitermachen, also mach weiter, das machen wir doch alle. Ein schönes bild.

Kathi hat von Meiten gesprochen, und ich habe an Erfeld gedacht, ist im grunde genommen dasselbe, wenn man es genau nimmt, Meiten und Erfeld, auch in mir waren die bilder von anderen sommern, war die frage, wie das so ist mit den erinnerungen, den vergangenen bildern, der sommer vor einem jahr, und dieses jahr haben wir noch zeit, uns zu treffen, unvergeßliche begegnungen zu erleben, irgendwann ist wieder alles ganz ganz anders, wie immer eigentlich, und wie immer eigentlich bin ich, sind wir, ist alles in irgendeiner umbruchphase, gelbe forsythien blühten am orangenen plüschteppich, und dann war nur noch weite, unerträglich süße weite nach der enge im zum bogen gespannten körper, ins blau geschossen, fast hätte ich ihn auch nicht ertragen, weil er durch und durch gegangen ist, der erste orgasmus seit langem, weil auf masturbieren keine lust, wenn so viele männer und ständige spannung herum ist, und da es mir nicht mehr möglich ist, einfach so zu kommen, in fünf minuten oder weniger, ohne mir dabei irgend etwas vorzustellen, eingebettet nur in die flimmernde wärme meiner geschlossenen augen und die weichheit meiner muschi, will ich mir nichts phantasieren, wenn sex so greifbar nahe ist und trotzdem nicht passiert, habe ich keine lust zu onanieren, aber den orgasmus eben, den hätte ich in seiner wucht fast nicht ertragen

aber wie kann es das denn geben, es nicht ertragen zu können?

obwohl wir das doch suchen?

wir?

ich

Michael auch,

und Michael redet vom reinstecken, das ja doch eine art vereinigung sei, deswegen könne er das nicht bei allen, redet von reinstecken, und das vor Harald, redet viel, der Michael, mit leuten, gestern, wohl auch mit leuten, die er gar nicht kennt, aber er redet, und es kümmert ihn wahrscheinlich nicht, und vielleicht, vielleicht, vielleicht habe ich ihn gestern verletzt, als ich davon sprach, ich sprach von gar nichts, ich lag lachend auf der steinmauer im Lip, der nachthimmel war wunderbar, dunkelblau, schwarzblau, und ein einziger stern, der doppelt war, weil ich wenig sah, aber wenn ich mich konzentrierte, war dort oben nur mehr ein stern, sie, weil er der hellste war, mein großvater leuchtet nicht mehr so hell, den hat es schon ein paar lichtjahre weit weg gedüst, doch sie leuchtet hell, war da, gestern, auf der steinmauer lag ich nur deswegen, weil ich bauchschmerzen hatte, der himmel war wunderschön, dunkelblau, schwarzblau, mit einem hellen stern in der mitte, der leuchtete und manchmal doppelt war, am dienstag küßte Michael mich beim House-in auf den mund, mitten auf den mund, weil er wohl auf irgendwelchen drogen war, aber niemand hat etwas gesehen, gestern, gestern, gestern umarmte er Harald und sagte, hab ich dir schon gesagt, wie gern ich dich hab, wie gern ich dich hab, daß ich dich gern hab, und dann standen sie beide vor mir, Harald, hinter ihm Michael, seine arme um Harald gelegt, und sahen mich an, Harald in seiner coolen, fast schwarzen hose und dem roten t-shirt, kastanienbraun seine haare wie seine augenbrauen, seine hände warm, aber nicht weich wie die Emmanuels, und sahen mich an, und ich sah sie an, Michael machte einen schritt nach vor und umarmte Harald noch einmal, brust an brust, und Harald setzte sich dann wieder neben mich und sagte, ich finde das schön, wenn männer sich berühren können, einfach so. Sagte das und meinte vielleicht ganz etwas anderes, so wie Michael oft sich widersprechendes sagt, aber vielleicht sogar all das meint, was er sagt, das weiß ich nicht genau, und will es auch gar nie wissen, weil das mit Michael ein ende haben muß, bald schon, weil ich sonst verrückt werde, einfach verrückt werde, weil ich das nicht ertrage, ihn, der in keinem annehmbaren kontext lebt, leute, ich brauche ihn, den kontext, stellt mir alle eure freunde, stellt mir euer leben vor, ich will es sehen, um es beurteilen zu können, und Michael, es tut mir leid, ich war einmal draußen und hätte fast nicht überlebt, obwohl es wunderbar war, in einer gewissen weise, einfach wunderbar, da draußen. und ich noch immer daran denke, und davon träumte, als du, Michael, neben mir lagst, und nichts getan hast, es wird vorbeigehen, es wird vorbeigehen, aber diese träume, sie werden wiederkommen.

Ein seltsames hotel, wasser, immer wieder das wasser, wie aus einem prospekt war das alles, das blaue wasser, und ich konnte mich im traum nicht erinnern, daß ich in diesen pools auch geschwommen wäre, diesen riesigen pools, von oben fotografiert, nur ein mensch schwamm in einem pool, unter dem blauen wasser war am boden des beckens ein mosaik in klarem rotgrünblaugelb zu sehen.

Gestern hätten wir wohl, mitten in der nacht, ins hallenbad gehen können, denn Harald hat einen schlüssel, zu dritt hätten wir gehen können, wäre eigentlich notwendig gewesen, zu dritt, was soviel geheißen hätte wie Emmanuel, Harald und ich, und wenn ich mir das so vorstelle, geilt mich Harald sicherlich mehr auf als Emmanuel mit seinen ephemeren küssen, obwohl ich Emmanuel gestern am see vernaschen hätte können, weil Emmanuel sexy ist, sexy, Michael und ich sind ja nur kumpels, kumpels, sagte Michael, für Emmanuel bin ich das ja eigentlich auch, auch, aber ein wenig fühlt er sich doch von mir angezogen, eigentlich, sagte Emmanuel, aber es interessiert mich gar nicht mehr, wie Emmanuel sich fühlt, angezogen oder nicht, er lutschte gestern an meinem finger, als ich ihn um feuer fragte, obwohl Emmanuel sicherlich kein feuer hatte, als nichtraucher, also

erzählen wir uns geschichten, und niemand weiß, welche wahr sind und welche nicht

also

erzählen wir uns keine geschichten, es ist alles so wahr wie es ist

heiß war es gestern

verdammt heiß

Michael sagte zu mir, als ich da so lag, unter dem schwarzblauen himmel, und nicht mehr an der kommunikation teilhaben wollte

sagte Michael zu mir

weil Michael so etwas sagen kann immer wieder sagt immer wieder etwas sagt

aber ich ertrage das nicht mehr ertrage das nicht ertrage das nicht mehr

und mußte ihn deswegen deswegen

habe ich ihn denn?

verletzen, als ich da so lag, unter dem schwarzblauen himmel und er schon wieder das wort *Leben* sprach, aber

harald

harald

Harald Daun

saß doch auch daneben, und harald
mag michael vielleicht doch nicht, was egal ist, aber
harald
harald
Harald Daun
wäre natürlich viel geeigneter, denn harald hat ja
hat ja
hat ja
vielleicht sogar eine zukunft.
He, der mensch studiert, und Michael
michael macht vielleicht einfach das, was er will.
Wie michael in der wohnung des malers aufgelegt hat, war gut, war verdammt gut, wie er sich bewegte, wie er aussah, als er platten aussuchte, war
war
war
irgend etwas hat er in mir berührt, bewegt, deswegen mußte ich auch mit ihm reden, tat es doch auch, michael rief mich nach der nacht im house-in an, ich freute mich, michael ist in letzter zeit so glücklich, und ich habe so das gefühl, daß er das gefühl hat, es könnte etwas mit mir zu tun haben, ja, michael ist in letzter zeit so glücklich,
ich aber mußte das sagen, und lachte so viel, nur weil ich auf der steinmauer lag, so gerne lache, wenn ich liege, und konnte es nicht ertragen, was michael sagte, aber dann fuhren wir wieder moped, und das war schön, doch er küßte mich zum abschied selbstverständlich auf beide wangen, während er, als wir

uns zu mittag trafen, auf meine frage *warum küßt du mich nicht?* antwortete, *brauchst du das denn?*, beim nachhausebringen aber küßte er mich ganz selbstverständlich und wünschte mir träume über guten wilden sex, und deswegen glaube ich, er war doch ein wenig – ich weiß es nicht.

michael sagte gestern zu harald über mich, *wie sie heute in der sonne gelegen ist, selten ist es, daß menschen noch genießen können*, und michael sagt über mich zu mir, *rauchen mußt du, um deine energie unten zu halten*, und

ivan sagte doch über mich

du hast liebe für die ganze welt

und michael sagte über mich zu mir, *warum tust du auf böse, wenn du eigentlich lieb bist?*, und michael sagte zu mir, als ich in der sonne lag und mich an den spielchen nicht mehr beteiligen wollte, sagte michael zu mir, *du siehst schön aus, wenn du so in der sonne liegst, sonst paßt dir immer irgend etwas nicht, aber jetzt liegst du da, genießt die sonne und bist schön*

die sonne war so heiß, und ich wollte nicht mehr teilhaben an dieser art der kommunikation, katharina lachte nur hin und wieder, weiß gar nicht, ob sie wirklich da war, natürlich war sie da, ich hatte schon geredet, so wie ich mit katharina reden kann, michael saß eine zeitlang daneben und sagte gar nichts, ich saß mit dem rücken zu ihm, und später sprach katharina über meiten, und wie kann das sein, daß so ein see wie in meiten, oder es könnte in jugoslawien sein, stell dir vor, diese häuser da hinten sind bungalows, und dann könnte es irgendein ferienort in jugoslawien sein, im juli wird sie nicht zu mir ziehen, dabei hatte ich mich schon so darauf gefreut, auf quatschen, lange und viel, auf sehen, wie der andere so lebt, auf miteinander leben, aber das mit dem fußboden reparieren wird nichts im juli, und im august oder september fährt sie auf jeden fall nach griechenland, *fahre ich auf jeden fall nach griechenland*, sagt katharina, aber irgendwann saßen wir zusammen in meiten beim heurigen, und ich dachte, es würde immer so bleiben, die weinranken über uns, wir reden, es ist sommer, die grillen zirpen, wir trinken wein, rauchen zigaretten, reden lange, lange, aber nichts passiert, und nie nie, wein trinken, nur ein wenig, nur ein wenig wein, aber wein ist keiner mehr da, also trinke ich schnaps und bacardi mit multivitaminsaft, nur ein wenig saft, weil der bacardi ohne nicht zu ertragen ist, wie konnte ich es vergessen, sie sind in Italien, natürlich, ich weiß es doch, ich habe es vergessen. Emmanuel und Michael sind in Italien. sollen sie dort bleiben und nicht an meinem finger lutschen, meine füße küssen und bemerkungen schieben, die ich nie verstehen werde, obwohl michael keine bemerkungen schiebt, das ist eine wortkombination für andere menschen wie für mich zum beispiel, in Italien, wie konnte ich das vergessen, also müssen wir, Nicole und ich, uns heute alleine die nacht um die ohren schlagen, wieder irgendwo sitzen, zusehen und weitertrinken, noch ist die nacht jung, doch gerade eben erst die post heraufgeholt, diese dunkle schwarze nacht, der regen nach all der hitze der letzten tage, der den blumen leben schenkt, energie und atem, blumen rauchen nicht und verblühen trotzdem, regen, feuchte erde, der geruch der erdkugel, der geruch des nassen haares, als du zurückkommst aus der regennacht und ich dir durch die haare streiche, dieser geruch ist leben, ich könnte an ihm sterben, und an der erinnerung an ihn, der geruch deiner nassen haare, als wir zurückkommen von einem fest, heiß war es, dann hat es zu regnen begonnen, wir tanzten unter all den leuten einen langsamen engen tanz, und streichelten uns, bis zum verrücktwerden, wir streichelten uns beim tanzen, und es war zum verrücktwerden schön, und dann saßest du bei mir auf der couch, ich steckte mein gesicht in deine nassen haare und sie rochen so, daß ich vor glück sterben hätte können, deine nassen haare, so wie du ein anderes mal, als ich krank im bett lag, mich tagelang elend fühlte, von meinen fieberrauschreisen zurückkam, mich für meinen starken geruch entschuldigte, sagtest, nein, du stinkst nicht, du riechst nach leben.

Michael und Emmanuel sind in Italien. wie konnte ich das vergessen, ständig läutet das telefon, wir könnten doch auch harald anrufen, vielleicht will der mitkommen, bald muß ich wieder aufbrechen, viel zu spät ist es schon, wir gehen natürlich erst spät hin, emmanuel und michael sind in italien, und das ist besser so, weil ich das nicht mehr ertrage, nicht mehr emmanuel, und michael nicht mehr, harald hat sicher eine ahnung von den neuesten filmen, liest bücher und hat freunde, harald aber läuft auch etwas nach, das er nicht erreichen wird, wobei das nicht ich bin, nicht sein muß, nicht sein kann. Katharina sprach von meiten am see im 10., *im kleinen paradies mitten in der hölle*, als wäre favoriten die hölle!, katharina sprach von meiten, und ich dachte an erfeld, an die sommer, in denen gar nichts geschah außer langen heißen tagen und der grüne see, das wasser, die glühende hitze rot in den körper eingraviert, keine mails, selten ein unerwarteter anruf, aber doch genug, irgendwie genug, und kiwis, viele viele kiwis, und ich noch handke lesen konnte, wenn ich ihn auch nicht mehr las

jetzt möchte ich Handke verbrennen

und kant in der hitze, wasserspiele auf der luftmatratze, katharina sagte, es könnte in jugoslawien sein, als wir kurz stehenblieben auf dem weg, uns etwas zu essen zu kaufen, schau dir diese hochhäuser dort an, das könnten bungalows in jugoslawien sein, und im august fahre ich auf jeden fall nach griechenland, mit wem auch immer, es könnte ein ferienort in jugoslawien sein, es war heiß am see, an dem, wie schon in erfeld, junge frauen oben ohne mit üppigen brüsten ihre hunde baden ließen, sich auch so bewegten wie vor jahren, junge burschen uns jungen frauen zulächeln, wie wir aus dem wasser steigen, die sonne brannte verdammt heiß vom himmel, bevor wolken aufzogen, es donnerte, regnete kurz in schweren kalten tropfen, dann wurde es wieder heiß, die wolken hatte ich auf den himmel gebracht, weil ich im schatten liegen wollte, wir unseren platz aber in der sonne aufgeschlagen hatten, das durfte natürlich nicht sein, sorry für die kurze unterbrechung des sonnenscheins, ganz wien war an diesem tag baden, feiertag, und schon wieder heiß, 40 grad, ganz wien, und wir natürlich auch, sorry wegen der kurzen unterbrechung, aber es hat euch doch auch gutgetan, *die sonne schätzen wir erst jetzt*, sagt emmanuel. michael sagte immer wieder, das wochenende davor, sagte michael immer wieder, wie schön doch das leben sein kann und wie wundervoll die welt, sagte er völlig ohne grund, nichts außerwöhnliches war vorgefallen, der schwarze dunkle blaue himmel, gestern im lip, mit einem einzigen leuchtenden stern. der himmel heute der geruch der regen es wird erst um halb zehn dunkel die post noch geholt der weingeruch in der nase doch ich trinke bacardi mit multivitaminsaft um mich oben zu halten, bevor ich weggehe, mich wieder wegtanze, inmitten der menschen, doch bitte, ich bitte euch, nur einen einzigen gefallen, sprecht mich nicht an, ich habe zuviel in den letzten tagen sprich mich bloß nicht an ich kann dich nicht brauchen denn ich liebe schon zu viele und haralds emails heute und ich denke noch immer sex brauche ich heute auch keinen mehr ich hätte schon den einen orgasmus fast nicht ertragen haralds hände wie er wohl und küssen? nur die musik hören und sich langsam tiefer tiefer in den rausch fallen lassen der kaum zu ertragen sein wird, aber notwendig, langsame entziehungskur, emmanuel und michael sind in italien, ich werde harald nicht anrufen, vielleicht macht das die nicole, und dann wird sowieso alles wieder ganz ganz anders sein warum nicht harald und sonst rausch ohne menschen selbstvergessener rausch und fallen lassen nur ansprechen vielleicht nicht, brauche ich nicht nicht heute, brauche ich nicht nicht heute, trinke wasser, jetzt trinke ich wasser würde es sonst doch nicht ertragen, das trinken, seien wir uns ehrlich, ich habe hannes getroffen, auf der regenbogenparade vor ein paar tagen, hannes, und wir erzählten uns in 2000 zeichen unsere leben ich hätte ihn küssen und umarmen können ich war in vollkommener ekstase ein wenig dick ist er geworden trinkt nichts mehr seit zwei wochen will jetzt irgendeine ausbildung anfangen wie immer irgend etwas fangen wir immer an und hoffen, daß es nie zu spät sei. Hannes war ungefähr so alt wie ich jetzt, als wir uns kennenlernten, doch ich hätte jetzt keine zeit für hannes und kein verständnis würde mich in ein anderes lokal aufmachen wo man nicht sitzt sondern tanzt springt kirre und lustig ist und nicht reden muß sich in die augen schauen und nichts verwirklicht ich bin schon ganz woanders und werde deswegen meine handkebücher verbrennen, auch wenn es mir leid tut, ein wenig, weil ich handke einmal sehr sehr mochte, sorry handke, doch dir ist das sowieso egal und ich kann nicht so kitschigen nichtssagenden schund in meinem bücherregal herumstehen haben, du verstehst das sicher, du hättest mehr trinken sollen, das hätte deinem schreiben sicher gut getan, ich stehe jetzt auf der anderen seite, der deiner feinde, ob das die bessere ist?, ruf mich an michael und sag etwas, ich würde ja doch noch mitkommen, aber nicht mehr lange, halte ich das aus, handke nicht, weil du nichts verstanden hast, und michael nicht, weil ich nicht wirklich mit dir sein kann, ohne verrückt zu werden, verstehst du das? harald, du könntest jetzt anrufen, michael ist ja in italien, den harald ruft sicher die nicole an, und er wird gut aussehen ich werde mich überhaupt nicht mehr auskennen leonhard wird auch da sein und mir fiese Sachen sagen oder mich mit kuhaugen anglotzen, aber mich kümmert das alles nicht, scheißegal, was scheißt du dich immer so an? scheiß dir nichts, tue ich sowieso nicht, denn ich werde in der ekstase versinken, die die meine ist. Pascal hat schon vor langer zeit gesagt, das größte unglück komme daher, daß die menschen es nicht allein in einem zimmer aushalten, und michael erzählte mir am anfang unserer bekanntschaft davon, wie er manchmal tagelang nicht rede, deswegen höre er sich ein wenig seltsam an, und als ich ihn gestern darauf ansprach, daß er soviel rede, rede, ohne unterbrechung, sagte er, das komme daher, daß er manchmal tagelang nicht rede, aber ich wischte sie weg, diese bemerkung, weil ich die vorhergehenden tage mit ihm verbracht hatte, an denen er geredet hatte, aber auch zugehört, und ich habe jetzt auch harald kennengelernt, und mit harald kann man sich sicher die rot-ausstellung ansehen und gute filme spätnachts und dann ficken mit reinstecken darüber nicht reden müssen und nicht über leben und sonstiges, der rest interessiert mich nicht.

wie mich heute auf meinen tagwegen alle menschen ansahen, jung und alt, männlich und weiblich, alle sahen mich an, weil an und in mir irgend etwas unerklärliches war, und die menschen nicht blind nicht so wie ich sie sahen mich und sie sahen mich an, weil ich glücklich war, in einer tiefen kosmosekstase, die lange anhielt, auf meinen wegen, die mir lächeln schenkte und blicke, die ich sonst nie erlebt hätte, ich war das leben heute, all das leben, das sie nicht lebten all die müden gesichter in der ubahn hellten sich auf als sie mich ansahen und ich zurücksah und ihnen das schenkte was sie brauchten die müden gesichter die menschen zu den gesichtern waren schön wie die gesichter die menschen waren schön und glücklich als sie mich sahen weil sie nur das glück in meinen augen sahen und mein leuchten spürten ich rauchte heute auch weniger, in dem club, in den ich jetzt gleich gehen werde wird das dann nicht mehr so sein denn da werde ich rauchen ganz ganz viel rauchen und auch jetzt den abend über habe ich schon viel zuviel geraucht um nicht die wände hinaufzuspazieren und kopfüber zu tanzen und zu lachen irgendwo liegend das gesicht in den himmel gesteckt tagsüber aber rauchte ich keine einzige zigarette um den menschen zum lächeln zu verhelfen und kam deswegen verdammt müde zu hause an, existierte gar nicht mehr beim nachhausekommen doch jetzt bin ich wieder da, rede mich wieder herbei um noch tanzen gehen zu können wo ich mich selbst in die lüfte erheben will in einheit mit den tönen dieses kosmos

im Stiegenhaus riecht es nach Fischen so wie am Meer

da draußen jetzt, beim postkasten roch es nach meer

und der himmel ist wunderbar und erschreckend blau um den juni herum in den langen nächten aber der himmel ist auch so im herbst

im frühling und im herbst wenn die farben warm sind, warm und golden, während sie im sommer grell sind also jetzt schon doch der himmel ist noch von gestern und gestern gestern da war noch frühling und gestern gestern wurde ich noch nicht versucht versuchte man mich noch nicht hinabzustoßen hinein in eine meine scheiße hinein den menschen konnte ich doch heute noch etwas geben in der ubahn als ich lächelte und als ich war lächelten doch die menschen und waren glücklich und als ich wieder ausstieg und mich kurz umsah sah ich wie die gesichter wieder so trüb und matt waren wie vorher aber ein blick erwischte mich noch und so gab es wie gestern im dunklen himmel über dem lip wunderbar dunkelblau schwarzblau auch in der ubahn noch einen strahlenden stern und dieser mensch sprang auf und rannte zum anderen ende des waggons um mich noch einmal zu sehen doch die ubahn war schneller und ich auch schon weg.

ich glaube daß michael sich wehren kann falls er glaubte sich wehren zu müssen einfach schweigen würde oder gehen er wieder er sein würde wie auch immer michael nicht darauf reagieren würde spräche man ihn an, darauf, aber was weiß ich schon über michael, was weiß ich schon über all diese, all diese, all was weiß ich schon, denn ich höre es doch, höre es doch immer wieder, ja wenn du mich kennen würdest, und ja, sie haben recht manchmal, manchmal habe auch ich recht und sie erkannt, schon vorher, und manchmal, denn barbara zum beispiel war in england ich kenne sie nicht und war doch bei ihr auf besuch und wir verbrachten fünf aufregende und schöne tage miteinander und doch kenne ich sie nicht und wenn sie mit tom zusammen ist kann ich sie noch viel weniger kennen als ich dachte, aber ich kann schließlich nicht mit allen menschen dieser welt zusammenwohnen nicht mit allen bekannten nicht mit allen freunden, doch michael würde es nicht tun

beim postkasten riecht es nach meer

am grünen see gestern war es heiß und katharina sprach von meiten und ich dachte an erfeld, doch sagte es nicht

dein nasses haar, als du zurückkamst, als wir zurückkamen, dein nasses haar

es regnet jetzt endlich nach all der hitze der letzten tage

ich habe die post heraufgeholt

erst jetzt

erst jetzt, spätnachts, holte ich die post herauf und gleich werde ich weg sein und mich mit dem namenlosen kosmos vereinigen

harald ruft an ruft an ruft an michael und emmanuel sind in italien wir sprechen ich verliere mich harald ruft an ruft an und ich verliere mich weiß nicht mehr ob

will nicht mehr

ob

michael und emmanuel sind in italien, gott sei dank, denn ich ertrage diese in den morgen sich ins unendliche erstreckenden nächte nicht mehr

harald rief an

harald kenne ich erst seit paar tagen aber wir haben einander ein paar mails geschrieben, ich war in der arbeit, kamen mails die ich beantwortete schrieben wir mails die vor kräftigen wörtern nur so strotzten

harald ruft an

harald rief an und versuchte mir zu sagen wer

versuchte

versucht ganz nahe an mich heranzukommen und ich lasse ihn, weil ich sehen möchte, wie er ist, weil ich seine hände mochte, ich ließ ihn so nahe heran, wie er wollte, wich keinen zentimeter zurück, und dann lachte er er lachte

und dann lachte er

er lachte

und ich hoffe nur, daß er nicht dort sein wird, wo ich jetzt hingehe, denn ich will dieses lachen nicht mehr hören, will es vergessen, will auch das alles nicht mehr

es ist alles viel zuviel

und weil harald das nicht ertrug

weil harald michael nicht ertrug

und nicht erträgt

er saß in der ubahn, der stern im schwarzblauen himmel

deswegen lachte er

aber ich werde nicht mitlachen

ich lachte schon über michael, weil ich michael gern habe

aber mit harald werde ich nicht mitlachen

soll er allein lachen

ich werde tanzen

Inhalt